ファニー
13歳の指揮官

ファニー・ベン＝アミ
ガリラ・ロンフェデル・アミット［編］
伏見 操［訳］

岩波書店

Fanny

この本は，1986年イスラエルで出版された
המפקדת הקטנה – סיפורה האישי של פאני
(『小さな指揮官――ファニー・ベン＝アミの私的な物語』)
のフランス語版を翻訳したものです.

LE VOYAGE DE FANNY
L'Histoire Vraie d'une Jeune Fille au Destin Hors du Commun
by Fanny Ben-Ami

First published in France under this title
by Editions du Seuil, Paris.

This Japanese edition published 2017
by Iwanami Shoten, Publishers, Tokyo
by arrangement with Editions du Seuil, Paris.

まえがき

これは、第二次世界大戦中に、子ども時代をフランスとスイスで過ごした、ファニー・ベン＝アミの実話です。

ファニーから長い時間、話を聞いたあと、わたしはそれを書きおこしていいかとたずねました。まず何より、ファニーのお話がたまらなくおもしろかったから。くわえて、ホロコースト［ナチス・ドイツによるユダヤ人大量虐殺《ぎゃくさつ》］は人間の根源にかかわる複雑な問題で、そこに向きあえば向きあうほど、あの時代に起こったことを理解できるからです。

とはいえ、これはホロコーストの物語ではありません。勇気と逃亡《とうぼう》、そして命をかけた闘《たたか》いの物語です。運命に立ちむかい、ナチスの手を逃《のが》れた子どもたちと、自分や仲間の命を救うために奮闘《ふんとう》した、わずか十三歳《さい》の少女の物語です。

きっと読む人は心を動かされずにはいられないでしょう。

ガリラ・ロンフェデル・アミット

献《けん》辞《じ》

クルーズ県のショーモン城で監督官《かんとくかん》をしていた、エテル・アシュケナジへ。文学と詩の喜びを教えてくれた彼女《かのじょ》を、わたしは今でもとても近くに感じています。

リディア&アルフレッド・クリンガー夫妻へ。戦争前、児童救済協会が主催《しゅさい》した夏休みの旅行で、温かく、そして愛情深くわたしを迎《むか》え、のちにスイスに逃《のが》れてきたときも、三年間保護してくれました。クリンガー夫妻がいなかったら、わたしはフランスに追い返され、収容所で命を落としていたことでしょう……。

ファニー・ベン＝アミ

もくじ

装画・地図　石川えりこ

ベルギー
ドイツ
モンモランシー
ドランシー収容所
パリ
バーデン=バーデン
フランス
チューリヒ
スイス
ローザンヌ
トノン
ジュネーヴ
アンヌマス
マンサ
アヌシー
ムジェーヴ
リヨン
シャンベリー
イタリア
タンス
ル・ピュイ=アン=ヴレ
ニース
ル・ヴェルネ収容所

この本に登場するおもな地名
（国名、国境線は現在のもの）

ファニー　13歳の指揮官

1

一九三九年八月。

真夜中、フランスの秘密警察がやってきた。

乱暴にドアをたたく音で、わたしは目を覚ました。一瞬《いっしゅん》で背筋がこおりついた。ネグリジェ姿のママが、はだしのまま玄関《げんかん》に走って、おそるおそるドアを開けた。

何が起こったのか、すぐにはわからなかった。

がっしりした体つきの、私服の警官がふたり、パパとママの寝室《しんしつ》にふみこんだ。そして、パパを無理やり立たせ、今すぐいっしょに来るようにと言った。

それは第二次世界大戦前夜、パリでのできごとだった。わたしたちはナチスが権力の座についたときに、ドイツから逃《に》げてきたユダヤ人一家。パパ、ママ、わたし、エリカ、ジヨルジェットの五人家族だ。いちばん下の妹、ジョルジェットは五歳《さい》で、その日は夏休みの旅行で家にいなかった。

妹のエリカが泣きはじめた。わたしは毛布をはねのけ、エリカの手をひいて、パパとママの寝室《しんしつ》に走っていった。

パパがふたりの男にはさまれ、立っていた。パパのあんなにおびえた顔は、それまで見たことがなかった。

「放してくれ。わたしには妻と娘《むすめ》たちがいる。残していくわけにはいかないんだ」

パパはかすれ声で、男たちをなんとか説得しようとした。それから力なくわたしたちを見た。わたしとエリカはきつく抱《だ》きあい、がくがくふるえていた。やせたほうの警官が、パパの腕《うで》をつかんだ。

「妻も子どもも関係ない。逮捕《たいほ》命令が出ているんだ」

パパはがっくりと、いすにすわろうとした。体が無意識に、このとつぜんのできごとにあらがおうとしたのかもしれない。でも、もうひとりの警官がそれをゆるさなかった。

「立て。反抗《はんこう》するな」

「じゃあ、せめて支度《したく》をさせてくれ」

パパが言うと、ママはタンスに走って、ズボンとコートをひっぱりだした。やせたほうの警官は、むっつりと腕《うで》を組んで、それを見ている。

エリカは指がくいこむほど強く、わたしの手をにぎりしめた。わたしはのどの奥《おく》から、嗚咽《おえつ》がせり上がってくるのを感じた。ほほは涙《なみだ》でびっしょりだ。わたしはエリカを力いっぱい抱《だ》きしめ、心のなかでさけんだ。

「ファニー、しっかり！　わたしが泣いたら、だれがエリカをなぐさめるの？」

ママは青ざめ、パパのコートのボタンをひとつずつかけていく。

「早く！」

やせたほうの警官がせきたてる。

「たのむ。わたしには小さな娘《むすめ》たちがいるんだ……」

もう一度、パパがつぶやいた。

「あんたに娘《むすめ》がいるなら、オレにはポケットに拳銃《けんじゅう》がある。つべこべ言わずに来ないと、家族みな殺しにするぞ」

やせたほうの警官はニヤニヤしながら、わたしたち家族を見まわした。

「まあ、どっちにしろ、時間の問題だがね」

警官の前に立ち、妹を抱《だ》きしめながら、わたしは一瞬《いっしゅん》、大声でさけびそうになった。ふだんはいつだって、自分の感情をコントロールできるのに。

ママとパパが仕事に行っている間、妹たちのめんどうを見るのは、いつもわたしだった。まだ九歳《さい》だったけれど、もうひとりで料理も洗濯《せんたく》もできた。下の妹のジョルジェットに朝ごはんをつくり、買い物もした。うちはまずしく、生活が苦しかったから、それぞれが自分のできることをしなくてはならなかった。

パパは靴《くつ》の修理工、ママはお金持ちの家のお手伝いさん。わたしはふたりの妹の親代わり。妹たちは、ママよりわたしの言うことをよく聞いた。ママはよく「ファニー、エリカとジョルジェットに、これとこれをやっておくように言ってね」とたのんだ。わたしがしかると、妹たちはたちまち言うことを聞いた。ふたりにとって、わたしの言葉はぜったいで、怒《おこ》られれば本気でこわがった。わたしも妹たちとの約束は、かならず守った。

でもあの晩は、いつものようにエリカをなぐさめることも、パパはかならずもどってくるからだいじょうぶだよ、と言って安心させることもできず、ただふるえていた。流れる涙《なみだ》を止めることもできなかった。わたしは走っていって、パパのコートにしがみついた。

「行かないで！　ここにいっしょにいて！」

エリカもあとを追ってきて、わたしのネグリジェをにぎりしめた。やせたほうの警官がわたしの手首をつかみ、乱暴につきとばした。わたしはドアの前に走って、両腕《りょううで》を広げ、とおせんぼうをした。そして、目に涙《なみだ》をいっぱいにためて、さけんだ。

「パパを連れていかないで！　パパを連れていかないで！」

パパは、切なそうにわたしを見つめた。いつもはあんなに堂々としているパパが、ふたりの警官にはさまれて、がっくりと背中を丸めている。

パパのお客さんが何度も靴《くつ》の修理代をふみたおすせいで、家族で言い争いになることがあった。ローズおばさんはいつもパパに、「あなたは人がよすぎるのよ。お金を払《はら》わない人には、もっとしっかり文句を言わなくちゃ」と言っていた。でも、パパはけっしてそうしようとはしなかった。

「みんな、払《はら》えるようになったら、払うさ」

パパはローズおばさんをまっすぐに見て、言った。口調はきっぱりしていたけれど、その目はわらっているみたいだった。

パパはだまってわたしにほほえみ、かがんで両方のほっぺたにキスをした。それからエリカにキスをした。警官はいらついた様子で、それをながめている。

やせたほうの警官がドアを開け、パパを連れて外に出ようとしたとき、もうひとりの警官がママをふりかえった。

「明日の五時に警察署に来なさい。だんなさんを釈放《しゃくほう》するから。これは単なる手続き上のことでね……」

そして咳《せき》ばらいをして、同僚《どうりょう》をあごで示した。

「あいつの言ったことは気にしないでいい。心配はいりませんよ」

ドアは閉まり、階段をくだる足音が遠ざかっていった。ママはその場にへなへなとすわりこんだ。

「フランスなら、だいじょうぶだと思っていたのに……」

わたしはママに体をすりよせた。一九三三年にドイツからフランスへ移ってきたとき、わたしはまだ三歳《さい》だった。だからドイツでのことは何も覚えていないけれど、ナチスが権力の座についたとき、わたしたち家族はぎりぎりのところで逃《に》げだしたのだと、大人たちから聞かされていた。

先にパリに移住して、サントノレ通りで毛皮屋をしていたローズおばさんとサリーおじさんから、一刻も早くパリに来るようにと、さんざんせかされていたのに、最初のうち、パパとママはその誘《さそ》いをことわっていた。しばらくすれば状況《じょうきょう》はよくなるだろうと考えていたのだ。実際、当時、ほとんどの人がそう考えていた。でも、すぐに選択《せんたく》の余地《よち》はなくなり、わたしたち一家は取るものも取りあえず、身ひとつでフランスに脱出《だっしゅつ》した。フランスなら、すべてがうまくいき、家族が安心して暮らせるはずだった。

でも、現実は恐《おそ》ろしい速さでわたしたちを追いかけてきた。ユダヤ人差別はフランスにも広がっていて、わたしはそれをひしひしと感じた。学校では、毎日のように先生にひどいことを言われた。授業中に手をあげると、先生は軽蔑《けいべつ》のこもった目でわたしをにらんだ。

「ユダヤ人のくせに、手なんかあげるんじゃありません。どうせわからないのに」

そして、べつの生徒をさした。だから学校は大きらいだったけれど、わたしはそのことを一度もパパとママに話さなかった。ただでさえ心配の多いふたりに、さらに心配をかけたくなかったから。それにアパートの管理人さんの娘《むすめ》と仲よしになって、たったひとりだけれど、友だちもできた。その子はわたしの学校のとなりにある、修道女たちがやっている学校に通っていたから、朝はいっしょに通学して、その間だけはとても楽しかった。

その夜、警官はひと言の説明もなしに、パパをベッドからひきずりだして、連れ去ってしまった。

泣きくずれるママの頭をなでていたら、わたしはふいにあることを思い出して、ぎくりとした。

「……密告されたんだ」

「えっ？　でも、だれがそんなことを……」

涙《なみだ》をふきながら、ママが聞いた。

「ピエールだよ」

わたしは低くつぶやいた。

「ピエール？」

ママは信じられないといった声を出した。

「ピエールと奥《おく》さんは、うちの家族が共産党だってあちこちで言いふらしてるって、前にパパが言ってたもの」

ママは目を伏《ふ》せた。ピエールはとなりの部屋に住む、それはいやな男で、しょっちゅう奥《おく》さんとふたり、ぐでんぐでんに酔《よ》っぱらうまでお酒を飲み、大さわぎをした。さわぎがはじまると、わたしも妹もこわくてたまらず、ベッドで毛布をかぶった。そのたびにパパはとなりの部屋との間の壁《かべ》をこぶしでたたき、しずかにするように合図した。

こんなことがつづくなら、警察に通報するぞと、パパが一度、ピエールに言ったことがある。結局、通報はしなかったけれど、それ以来、ピエールはパパを目の敵《かたき》にしていた。

「いつか思い知らせてやるからな」

階段ですれちがうと、よく歯ぎしりするようにつぶやいていた。

一週間ほど前、パパとわたしは家に帰る途中《とちゅう》で、フランス共産党幹部の葬列《そうれつ》に出くわした。わたしたちは足を止め、葬列が通りすぎるのを見送った。棺《ひつぎ》は色とりどりの花でおおわれ、参列者たちは革命歌「インターナショナル」をおごそかに歌っていた。

それを聞いて、パパはほほえんだ。ロシアに生まれ、ドイツ、フランスと移り住んだパパは、そのとき、生まれ故郷を思い出していたのかもしれない。わたしもにっこりして、パパを見上げた。歌詞は知っていたから、いっしょに歌おうとした瞬間《しゅんかん》、パパはわたしの手を強くひいた。

「歌うんじゃない！」

なぜ歌ってはいけないのか、わからなかったけれど、わたしは言われたとおりにした。

当時、ドイツと同じようにフランスでも、共産党が弾圧《だんあつ》されていたことを、わたしは知らなかった。

家へむかって歩きだすと、ピエールに会った。

「見たぞ、見たぞ！」

ピエールがわめいた。パパは無視して、歩きつづけた。

「おまえらが共産党だってこと、ずっと前からわかってたんだ。ロシア人はみんな、共産党だからな！」

ピエールはわたしたちのあとを小走りで追ってきた。パパはわたしの耳にささやいた。

「相手にするな。ただのたわごとだ」

ただのたわごと……。でも、警察はそれを信じたんだ。だから夜中にやってきて、パパを逮捕《たいほ》した。ロシアに生まれても共産党じゃない人もいるってこと、警察はわからないのかな……。

2

つぎの日の午後、わたしはママと、家からいちばん近い警察署に行った。ママはフランス語が上手ではなかったから、わたしが代わりに説明しなくてはならなかった。まずは入り口で番をしている警官に声をかけ、パパのことをたずねた。警官はわたしたちにろくに目もくれず、ひと言「知らないね」と答えた。わたしたちはべつの警察署に行ったけれど、そこでもパパのことは何もわからなかった。そうやって警察署から警察署へと歩いてまわった。一度も休まず、足が棒になるまで歩きつづけたけれど、どこに行っても何の情報も手に入らなかった。

つぎに、わたしたちは刑務所《けいむしょ》を訪ねた。ひとつ目、ふたつ目、みっつ目……。そうしてパリじゅうの刑務所をまわった。最後の刑務所の番人は、扉《とびら》さえ開けてくれなかった。扉についた小さなのぞき窓から、見下したようにわたしたちをにらみ、「そういう男はいないよ」と言っただけだった。

ママは刑務所《けいむしょ》の前の石段に、くずれるようにすわりこんだ。日はとっぷりと暮れていた。ママはうちひしがれ、本当に弱々しく見えたから、わたしはなんとかなぐさめようとした。まるでママが子どもで、わたしが大人になったみたいに。

「もしかして、パパはまだ着いていないのかも」

ママは返事をしなかった。

「パパはぜったい来るよ。警官はたしかに五時って言ったんだから」

ママは涙《なみだ》にくもった目でわたしを見上げ、髪《かみ》をなでた。

「そうだ、もしかして今日の五時じゃなくて、明日の五時なのかも！」

そう思いついたらうれしくなって、わたしははずんだ声を出した。

でも同時に、心の奥底《おくそこ》で、自分の言葉を信じていなかった。警官がそんなことをまちがえるわけがないとわかっていた。

ママはまるで何も聞こえなかったかのように、よろよろと立ち上がった。そして、「帰りましょう。もうおそいわ……」とつぶやき、歩きだした。

家にもどると、家族みんなで話し合った。いったい、これはどういうことだろう。パパはどこにいるの？　現実から目をそらさないたちのローズおばさんは、パパはどこかの強制収容所に送られたにちがいないと言った。ママは、きっとパパはどこかの警察署の留置場にいたのだけれど、警官が拘留者名簿《こうりゅうしゃめいぼ》をいいかげんに見て、名前を見落としたのだと信じようとした。わたしはすべてがまちがいで、今にも玄関《げんかん》の扉《とびら》が開いて、連れていかれたときと同じくらいとつぜんに、パパがもどってくるんじゃないかと思っていた。

でも、そんなわたしのねがいは無残にも打ちくだかれた。パパが逮捕《たいほ》された三日後、アパートの出入り口で、ピエールに会った。

「だから言ったろ？」

「なんのこと？」

わたしはわざと、何事もなかったかのような顔で答えた。

「おまえの父親のことさ！」

ピエールの息はひどくお酒くさかった。無視するわたしに、ピエールは重ねて言った。

「あいつが共産党だってこと、ずっと前からわかってたんだ」

それからバカにしきったように鼻を鳴らし、くるりと背をむけ、歩きさった。

残念ながら、ローズおばさんの推測《すいそく》が正しかった。しばらくして、パパから手紙がとどいた。パパは、ル・ヴェルネ強制収容所にいた。家族を養うことで頭がいっぱいで、政治にまったく関心のなかったパパが「共産党だから」という理由で、政治犯用の収容所に入れられてしまったのだ。密告したのは、まちがいなくピエールだった。

「どうしてなの?」

その晩、わたしは寝《ね》る前にママにたずねた。

「そういうものなのよ。外国人というだけで、いわれのない中傷《ちゅうしょう》を受けることがあるの」

ママは悲しそうに答えた。

「だけどパパは、政治には興味がないって、いつも言ってたじゃない」

「ええ。だから濡《ぬ》れ衣《ぎぬ》を着せられたのよ」

「どうして警察はちゃんと調べないの? わたし、証人になれるよ! パパはいつも、大事なのは娘《むすめ》たちだけ、ほかのことはどうでもいいって言ってたって!」

「ファニー、子どものあなたには、まだわからないこともあるのよ」

わたしはだまって下をむいた。胸がしめつけられた。たしかにわたしは九歳《さい》だ。でも、家で大人と同じ責任と役割をあたえられ、それをちゃんとこなしているのに。

わたしは世の中で起こっていることに興味を持ち、いつも注意を払《はら》っていた。大人たちの会話にも耳をすました。ローズおばさんが「もし戦争がはじまれば、わたしたちはひとり残らず、こまったことになるよ」と言うのを聞き、これからユダヤ人がますますたいへんな目にあうかもしれないこともわかっていた。ローズおばさんの夫、サリーおじさんは、ドイツ軍がフランスとの国境にせまってきたら、ユダヤ人はみんな身をかくさなくてはならないと言った。わたしはその理由も知っていた。ドイツ人はユダヤ人をにくみ、きらっている。だから、わたしたちはドイツから逃《に》げだし、パリに来たのだ。

でも、みとめるのはいやだったけれど、ママの言うとおり、たしかにわたしは子どもで、まだわかっていないことがたくさんあったのだ。

パパが逮捕《たいほ》された一週間後、戦争がはじまった。

今やフランスでは、ひとりでも多くの兵士が必要だ。わたしは、パパがフランス軍に呼びだされ、すぐに収容所から釈放《しゃくほう》されるだろうと思った。

「もうだいじょうぶ。パパは兵隊さんになるの。そして戦争が終わったら、うちにもどってくるんだよ」

わたしが言うと、エリカがたずねた。

「戦争はいつ終わるの？」

「すぐよ。ローズおばさんがそう言ってたもの」

わたしは答えた。そのころはだれもが、戦争はすぐに終わると信じていた。

「すぐって、どのくらい？」と、エリカ。

「すぐって、すぐよ。何日かとか、しばらくとか、それくらい」

エリカはベッドにすわり、尊敬したようにわたしを見た。エリカにとってわたしは、何でも知っている、世界でいちばんかしこい人間だった。

大人たちはとなりの部屋に集まっていた。ママ、ローズおばさん、サリーおじさん、それにユダヤ人の友だち数人が、これからせまってくる危険や、それをどうやって乗りこえるかについて、話し合っている。わたしはエリカの話を聞きながら、大人たちの会話にも耳をすましていた。

ふいにエリカはわたしの手を取り、きゅっと指をからめてきた。

「ファニー！」

「えっ？」

「戦争ってなあに？」

エリカはじっと考えこんでいる。わたしは眉《まゆ》をよせ、折りまげたひざに、あごをのせた。となりの部屋では、大人たちが、子どもたちを集めて逃《に》がそうと相談している。ローズおばさんは、児童救済協会*がすでにそういう活動をはじめていると言った。

わたしはエリカの質問に集中しようとした。ええと、戦争ってなんだろう？　まだ一度も見たことがないのに、そんなの、わかるはずないよ……。でも、児童救済協会なら知っている。国が費用を出す夏休みの旅行に参加することができない、わたしたちのような外《がい》国籍《こくせき》の子どもたちを、毎年、スイスに連れていってくれるから。

「戦争はね、すっごくいやなものだよ」と、わたしは答えた。

「どうして？」

「すっごくいやなことがたくさん起こるから」

エリカはがっかりした顔をした。

「ファニー、いやなことってどんなこと？」

わたしは立ち上がった。

「説明するのはむずかしいよ。戦争はパリに近づいてるって、ママが言ってたから、もうすぐ窓から実物が見られるよ。そうすればわかるでしょ」

エリカはにっこりわらった。

「そしたらパパも帰ってくるね！」

「パパが帰るのは、戦争が終わってからよ」

わたしは訂正《ていせい》した。

「でもさ、もし戦争がうちのそばまで来たら、わたしたちも戦争に会えるんだね。食べものや飲みものを持っていってあげようか」

エリカはうっとり目を閉じた。

「うん、そうだね」

わたしはうなずいた。


その晩、ママはわたしのふとんを整えてくれてから、ベッドのすみにこしかけ、両手でわたしの手をつつんだ。そして、やさしい、でもわずかにふるえる声で、話しはじめた。

「ここはもう危険だから逃げなければならないの。モンモランシーに、児童救済協会の子どもの家があるのよ。でも、そこに行けるのは子どもだけなの」

「じゃあ、ママはどうなるの?」

わたしはママを抱《だ》きしめた。

「わたしなら、だいじょうぶ。心配いらないわ」ママはわたしの髪《かみ》をなでた。「それよりエリカとジョルジェットをおねがい。ちゃんとめんどうを見てあげてね」

わたしは親と離《はな》れ離《ばな》れになることには慣れていた。すごく小さいころから、よくパパとママから離れて、長いことスイスに夏休みの旅行に行っていたから。でも、その晩はちがった。ママとの別れはずっしりと重く、恐《おそ》ろしかった。大人たちはみんな、目に恐怖《きょうふ》の色をうかべている。パパはとつぜん、いなくなってしまった。となりの部屋から聞こえていた、ひそひそ声。いたるところに立ちこめる、なんとも言えない戦争の雰囲気《ふんいき》……。

どんなにがんばっても、わたしはその晩、一睡《いっすい》もすることができなかった。

＊児童救済協会(OSE)は、子どものための人道支援組織。第二次世界大戦前後は、おもにユダヤ人の子どもを救うために活動した。

3

子どもの家に三年もいることになるなんて、いったいだれが予想しただろう？

少なくともわたしは、まったく予想していなかった。ママやパパと離《はな》れて過ごした、スイスへの夏休みの旅行のように、せいぜい二、三週間、長くても数か月だと思っていた。それがこんなにも長くなるなんて。

たしかにママは、こう言っていた。

「ファニー、これからはあなたが妹たちのママよ。長いこと、会えなくなるから」

でも「長いこと」ってだけでは、あいまいすぎて、本当はどれくらいなのか想像もつかなかったのだ。

とはいえ、新しい生活にはすぐに慣れた。子どもの家に着いたのは、一九三九年の十一月。ほかの子たちとうまくやっていくのは、むずかしいことではなかった。ドイツから来て、フランス語をまったく話せない子たちもいれば、ベルギーから来た子たちもいた。モロッコ出身の子もひとりいた。ここではもう反ユダヤ主義におびえる必要はなかった。

わたしはすぐ子どもたちのリーダーになった。年上の子まで、わたしの言うことを聞いた。子どもの家の監督《かんとく》をしていた大人たちもそれに気づき、わたしはほかの子たちのめんどうを見るために、さまざまな役目をまかされた。

最初のひと月は、パリの近くのモンモランシーにいた。やがて、より安全な、フランス中部クルーズ県に移された。マンサという村のそばにある、ショーモン城だ。ショーモン城は、昔は貴族のものだったけれど、今は子どもたちが暮らせるように整備してあった。子どもは四歳《さい》から十七歳まで、全部で七十人いた。年齢《ねんれい》により、小さい子、中くらいの子、大きい子と、三つのグループに分けられた。九歳だったわたしは中くらいの子のグループ、七歳のエリカは小さい子のグループだった。でもエリカは、わたしと離《はな》れ離《ばな》れになるなんて、とてもがまんできなかったし、わたしだっていやだった。

「妹はわたしといっしょじゃないと、寝《ね》られないんです。ぜったい一晩じゅう泣きつづけます」

わたしが監督官《かんとくかん》のエテルにうったえると、エリカもうなずいた。

「そう。ファニーの言うとおり！」

エテルはエリカの頭をなで、「とりあえず、一度ためしてみましょう」と言った。

でも、結果は最初から目に見えていた。数日後には、子どもの家の全員が、エリカがわたしと離《はな》れていられないことを知るはめになり、わたしたちはいっしょにいることを許された。

いっぽうジョルジェットは、エリカほど問題は起こさなかった。わたしは毎日、できるだけ長いこと妹たちと過ごすようにして、ママとの約束どおり、せいいっぱいめんどうを見た。

パパとママがどうしているか、とても心配だったし、ふたりが恋《こい》しくてしかたなかったとはいえ、子どもの家での暮らしは快適だった。最初のうちは、パパから手紙がとどいたけれど、やがてそれも止まってしまった。ママはどこにいるのか、まったくわからなかった。夜、みんなが寝《ね》しずまったあと、わたしはベッドで何度も寝返りをうちながら、ママを想《おも》った。でも昼間は、遊びやしなくてはならないことで頭がいっぱいで、戦争のことはまったく考えなかった。戦争からも世の中からも、切りはなされたように暮らしていた。毎晩、エテルは子どもたちにお話を読んでくれた。そのなかの一冊に、ラドヤード・キプリングの『ジャングル・ブック』があった。ある日、エテルが言った。

「わたしたちもこの本に出てくる仲間たちみたいなものよね。それぞれが登場人物のひとりになって、ジャングル・ブックごっこをしましょうか」

小さくて体が柔《やわ》らかいエリカはサルで、わたしはオオカミの長《おさ》、アケイラになった。わたしたちは動物になりきって、歌ったり踊《おど》ったりした。本当に楽しかった。


こうして、ショーモン城での日々は過ぎていった。日がたつにつれ、わたしはますますリーダー役をつとめるようになった。リーダーになるための努力なんてぜんぜんしなかったし、自由時間のほとんどを妹たちと過ごすようにしていたにもかかわらず、問題があると、みんな自然と、エテルよりもわたしに相談した。だれかがけんかをすると、「ほら、『エテルのお気に入り』のところへ行って、解決してもらおうよ」と言った。こう呼ばれても、わたしはちっともいやじゃなかった。みんなはただ、わたしがエテルの右腕《みぎうで》だと言いたかったのだ。

でも、わたしが本当に友だちと呼べる相手は、たったひとりしかいなかった。ドイツから来た女の子、ヘルガだ。ときどきほかの子たちが「ファニーとヘルガみたいな、いい友だちになろうね」と言うくらい、とびきり仲がよかった。

毎朝、ショーモン城の子どもたちはマンサ村の学校へ通った。村人たちは全員、わたしたちがユダヤ人だと知っていたけれど、だまって、村の子どもたちと同じようにあつかってくれた。

でも冬になると、残念ながら学校に通えないことが多くなった。学校はショーモン城から三キロ離《はな》れていて、ふだんは歩いて通っていたけれど、だれも冬用の厚手の服もしっかりした靴《くつ》も持っていなかったから、寒くなると、途中《とちゅう》でこごえてしまうのだ。

だからわたしたちは、別の方法で勉強をつづけた。子どもの家の監督官《かんとくかん》のひとりは、音楽を教えてくれた。そして近くの村々に身をかくしている先生たちも、ときどきショーモン城に来てくれた。そのうちのひとりは、大きい子たちに義務教育を修了《しゅうりょう》するための勉強を教え、べつのひとりは体育を教えてくれた。

またショーモン城には、クライン先生という女医さんがいて、彼女《かのじょ》から植物について、たくさんのことを習った。食べられる草、毒のある草。薬草はどれか。食べられるキノコと毒キノコ。おかげで、食べるものがなくなったときには、森で野草やキノコを集めてくることができ、数日間、食事が自分たちでとったキノコだけということもあった。めずらしい植物があると、キノコといっしょにつんできて、クライン先生に名前とどんな植物なのかをたずねた。わたしはクライン先生が教えてくれることが、おもしろくてたまらず、夢中になった。みんなはそんなわたしを「子どもの家の自然お嬢《じょう》さん」と呼んだ。

学校に行かなくても、わたしたちはそうやってたくさんのことを学んだ。芸術、文学、絵。ショーモン城には、小説と詩の本がつまった図書室もあった。城の敷地《しきち》は広かったから、子どもたちはそれぞれ自分用に庭の一画をもらって、そこでキャベツやニンジンなどの野菜を育てた。自分たちが育てた野菜を食べると、それはほこらしい気もちになった。

エテルはいつもこう言っていた。

「今みたいなたいへんな時代、教育の目的はひとりで生きていけるようにすることなの。だって、これから何があなたたちを待ちかまえているか、わからないからね」

ある晩、ほかの子たちが寝《ね》しずまったころ、エテルはわたしのベッドのわきに来て、そっと頭をなでた。エテルはわたしが眠《ねむ》れないことを知っていたのだ。やがてこれは日課のようになった。わたしがベッドでママのことを考えていると、エテルがそっと髪《かみ》をなでる。するとわたしはしずかに起きあがり、ほかの子たちのベッドのわきをすりぬけ、エテルの部屋に行く。そしてランプの淡《あわ》い光のなかで、エテルと本を読んだり、話したりする。エテルはわたしを特別な才能にめぐまれた子どもだと思っているようだった。

わたしが絵を描《か》くのが好きだと知ると、エテルはすぐにどこかから絵具《えのぐ》を手に入れてくれたし、詩を書いていると知ると、自分を表現する方法を教え、はげましてくれた。

「あなたみたいな子は、どんどん感性を伸《の》ばすべきよ」と、エテルは言った。

「どうやって？」

「いろいろあるけど、たとえば人を助ければ助けるほど、感性は伸《の》びて、花開いていくものなのよ」

だからきっとエテルはわたしに、悩《なや》みを抱《かか》えた子どもたち――とくに、親がいないことに耐《た》えられず、夜、おもらしをしてしまうような――のめんどうを見させたのだろう。わたしは真夜中、この子たちを起こしては、トイレに連れていった。

子どもたちはわたしを心から信頼《しんらい》して、やがてエテルにさえも言えないような、胸に秘めた苦しみや悲しみを打ち明けてくるようになった。でも、この子たちの抱《かか》える問題は、この子たちの力だけでは解決できないこと、大人の意見や助けが必要なことを、わたしはすぐに感じとった。

エテルは、わたしと子どもたちが太い絆《きずな》でむすばれていることをよろこんだ。いっぽうわたしは、自分の問題はひとりで解決した。どうしてだかわからないけれど、わたしはエテルにさえ、悩《なや》みや苦しみ、そしてパパとママがどんなに恋《こい》しいかを、伝えたことはなかった。エテルに胸の内を打ち明けられるのは、詩を通してだけだった。


こうしてわたしたちは、せいいっぱいおだやかに暮らしていた。ショーモン城の子どもの家は平和な隠《かく》れ家《が》のようだった。戦争はひどく遠くに感じられた。

でも、一九四二年の五月、戦争の影《かげ》がついにここまで伸《の》びてきた。村に新しくやってきた司祭が、子どもの家のことを密告したのだ。

幸い、マンサ村の憲兵たちが、それを子どもの家の監督官《かんとくかん》に知らせてくれた。監督官《かんとくかん》のひとりが、恐《おそ》ろしい知らせを伝えにとびこんできたとき、わたしはエテルといっしょにいた。

「ドイツ軍が村に来たぞ！」

監督官《かんとくかん》は息を切らし、あわてふためいていた。エテルの顔がさっと青ざめた。

「大きな声を出さないで。子どもたちがこわがるわ」

「いそいで子どもたちを逃《に》がし、子どもの家を閉鎖《へいさ》しなければ」

監督官《かんとくかん》は声を低くして言った。

「でも、今すぐそれを子どもたちに伝えても、ただパニックを起こすだけよ」

わたしはふたりの顔をかわるがわる見つめた。いつか聞いたうわさが、頭にうかんだ。ドイツ軍は十一歳《さい》や十二歳の少女をさらって、ドイツの売春宿に連れていくというものだ。わたしはちょうど十二歳……。もしドイツ軍がここに来たら、どうなってしまうの？

エテルはわたしの顔にうかんだ不安の色を見てとって、肩《かた》にやさしく手をおいた。

「だいじょうぶよ、ファニー。心配いらないわ」

「これからどうなるの？」

「ひとりひとりの子どもたちの行き先を決めないと。ぜったいにあなたたちを見すてたりしないからね」

エテルは約束した。エテルの言葉が信頼《しんらい》できることを、わたしはよく知っていた。

ショーモン城の閉鎖《へいさ》は、段階的に行われた。まず家族が生きている子どもたちが、家族のもとへ送られた。家族がどこかに身をかくしていたりして、居場所がわからない子どもたちと、すでに家族を失ってしまった子どもたちは、べつの子ども用の避難所《ひなんじょ》へ。年齢《ねんれい》が上の子どもたちは、フランスのほうぼうの農場に送られた。すべて一刻を争って、大いそぎで手配されたけれど、それでも子どもたちがお城を発《た》つときは、かならずお別れ会をした。

三年間いっしょに暮らしたみんなと別れるのは、本当につらかった。悲しい事情をともにするわたしたちは、深い友情でむすばれていたから。

わたしはたのみこんで、ほぼ最後までショーモン城に残った。妹たちがどうなるか、心配だったのだ。ふたりの妹がべつの子ども用の避難所《ひなんじょ》に送られ、そこで元気にやっていることを確認《かくにん》したところで、やっと安心することができた。

わたしはタンスという町に暮らす、ローズおばさんとサリーおじさん夫婦《ふうふ》のもとに送られることになった。児童救済協会の人がふたりの住所を知っていたのだ。

こうして七月には、ショーモン城は完全にからっぽになった。

4

タンスに着いたわたしに、ローズおばさんは、ママが今、リヨンに住んでいると教えてくれた。

その晩、わたしは眠《ねむ》れなかった。ママは元気でいてくれた。住所もわかる。だったらぜったい会いに行かなくちゃ。タンスからリヨンに行くには、汽車を三度も乗りかえなくてはならないけれど、どんなにたいへんだってかまわない。

おじさんとおばさんは、わたしがママに会いに行くのをゆるしてくれた。リヨンは前に行ったことがあったから、町の様子は少しだけわかる。ローズおばさんは紙にママの住所を書いてくれた。

「フランス人の家で、住みこみで働いてるの」

ローズおばさんは説明した。

「ママ、どんな仕事をしてるの?」

でも、ローズおばさんは肩《かた》をすくめただけで、教えてくれなかった。知らないか、言いたくないかのどちらかだ。

汽車を乗りつぎ、長いことかかって、わたしはついに紙に書かれた住所を見つけた。扉《とびら》をノックしたとき、胸がいたいほど強く打って、背中にふるえが走った。

「もうすぐママに会える。ママと抱《だ》きあえる。びっくりするだろうな。ママ、泣いちゃうかな。パパのこと、何か聞いてるかな。いい知らせはあったかな」

背の高い男の人が扉《とびら》を開けた。

「こんにちは。ママに会いに来ました」

「ママ?」

男は眉《まゆ》をよせた。

「ええ、ママがこの家で働いてるって聞いたんです」

わたしの声はふるえていた。男は大きな手でゆっくりと髪《かみ》をかきあげた。

「ここにはいないよ」

「えっ、どういうことですか？」

「もうここでは働いていないってことだ」

男はきまり悪そうに答えた。わたしは胸がしめつけられた。

「どうして？　じゃあ、ママは今、どこに？」

「くわしいことはユダヤ人協会で聞けばわかるよ」

男は、ぼうぜんとするわたしの鼻先で、バタンと扉《とびら》を閉めた。

わたしはその足でユダヤ人協会へ行った。すると、秘書がふたりいる部屋に通された。

事情を聞いた秘書たちは、この辺りでドイツ軍の一斉捜索《いっせいそうさく》があり、ママはつかまって、刑務所《けいむしょ》に入れられてしまったと教えてくれた。

「今すぐ、ママをむかえに行きなさい」

秘書のひとりが言うと、もうひとりがあわててさけんだ。

「何をバカなことを言ってるの！　ぜったいだめ！　そんなところに行ったら、この子までつかまっちゃうわ」

ふたりは、はげしく言い争いをはじめた。でも、わたしはもう聞いていなかった。ママが牢屋《ろうや》に入れられたのなら、どんなことをしてでも助けださなきゃ。

わたしはユダヤ人協会を出て、すぐに教えてもらった刑務所《けいむしょ》にむかった。

「ちびっこが何しに来た？」

刑務所《けいむしょ》の入り口で、門番がわたしをにらんだ。

「ママがここにいるって聞いたから、会いに来たの」

門番は吹《ふ》きだした。

「ママに会いに来たって？　とっとと失《う》せろ！　でないとおまえも刑務所《けいむしょ》行きだぞ」

怒《いか》りがふつふつと胸にたぎってきた。わたしは門番の目をまっすぐに見た。

「わたし、ひとりぼっちなのよ。ママがいなくなってしまったら、どうしたらいいの？」

「失《う》せろって言ってるだろ！」

門番がわめいた。わたしは涙《なみだ》がこみあげてくるのを感じた。必死でこらえたけれど、だめだった。あとからあとからあふれてくる涙で顔をぐしゃぐしゃにして、鉄門の柵《さく》を力いっぱいにぎりしめた。

「どうしてドイツのごきげんとりをするの？　フランス人のくせに！　もしあなたが子どもで、お母さんが牢屋《ろうや》に入れられていたら、どうする？　ぜったい会いに行くでしょう？　おねがい、ママに会わせて！　会わせてよ！」

門番の表情が変わった。そしてその場にいたもうひとりの門番に、ママがすでに収容者名簿《めいぼ》にのっているかどうか、たしかめさせた。

「まだ全員の名前をのせたわけじゃないからな」

もうひとりは収容者名簿《めいぼ》をぱらぱらとめくってから、首をふった。

「のってないよ」

最初の門番はわたしにむかって、にっとわらった。

「おまえ、ついてるな。ママを連れていけ。ただし二十四時間以内に、かならずリヨンを出るんだぞ。わかったな?」

わたしはうなずいた。うれしくて、頭がどうにかなりそうだった。門番は刑務所《けいむしょ》のなかに姿を消し、まもなくママを連れて出てきた。

わたしは自分の目が信じられなかった。あれは本当にママ?

ママはわたしを見た。何が起こったのかわからないまま、ぼうぜんとしている。ついにわたしに近より、ふるえる手でわたしの腕《うで》をつかむと、何も言わずに門を出た。

わたしはママに言いたかった。「ママをさがしに来たんだよ。そしてひとりでママを牢《ろう》屋《や》から出したんだよ!」って。

でも、ママはだまったままだった。わたしはこわくなった。

「ママ、わたし、門番のおじさんにどなったの。そしたらママを釈放《しゃくほう》してくれたんだよ」

そう言いたいのに、ママの態度はあまりに奇妙《きみょう》だった。ひと言もしゃべらず、ふるえる手でわたしをぐいぐいひっぱって、歩いていく。ママは胸がいっぱいになりすぎちゃったの？　それともどうでもいい言葉で、せっかくの再会を台なしにしたくないの？　小走りでママについていきながら、わたしはわけがわからなかった。

とつぜん、ママがわたしをふりかえった。

「ファニー、『生理』ってなんだか知ってる？　もうはじまった？」

わたしはぽかんとして、ママを見た。一瞬《いっしゅん》、なんて答えていいか、わからなかった。ママと再会したときのことを、ずっとあれこれ想像していたけれど、こんなことを聞かれるなんて夢にも思わなかった。なぜそんなことを知りたいの？　しかもなぜ、今？

「うん。子どもの家で教えてもらった」

やっとのことで答えると、ママはさらに足を速めた。

「おまえ、すっかり大きくなっちゃったから」

まるでそれが悲しいことのように、ママはため息をついた。

「うん……」

わたしは小さな声で答えた。

「知っておきたかったのよ。いっしょにいられなかったから、ふつうお母さんが娘《むすめ》に教えるようなことを、何も教えてあげられなかったでしょ」

ママのくちびるはふるえていた。

「うん……」

それからいきなり、ママは言った。

「今すぐリヨンを出て、タンスのローズおばさんのところへもどりなさい」

「ママは？　ママだって、二十四時間以内にリヨンを出ないといけないんだよ！」

「わかってる。これからどこに行くか、決めるわ。とにかく、わたしのことは心配しないで。落ちついたら、かならず手紙を書くわ」

わたしたちはリヨンの動物園の横で別れた。ママはわたしを抱《だ》きしめ、わたしはママの肩《かた》に頭をのせて、息がつまるほど泣きじゃくった。

それからひとりで汽車を乗りつぎ、ローズおばさんとサリーおじさんの家にもどった。

「まったく、なんて危ないことをしたの！」

話を聞くと、ローズおばさんはかんかんになった。

「運よく門番はママを釈放《しゃくほう》してくれたけれど、ひとつまちがえれば、おまえまでつかまってしまったかもしれないんだよ」

サリーおじさんも言った。わたしは言葉もなく、ただうつむくばかりだった。


その晩、わたしは眠《ねむ》れなかった。となりの部屋から、ローズおばさんがユダヤ人の友だちにわたしのことを話して、「なんて勇気のある子だろう！」とほめているのが聞こえてくる。

ママを助けられたことは本当によかった。でももし門番がもっといじわるな人だったら、はたしてどうなっていただろう。わたしは今ごろ、どこにいたんだろう。タンスの町では、憲兵とユダヤ人の関係は悪くなかったから、どこかであの門番も、ここの憲兵といっしょだと思ってしまったけれど、リヨンはタンスとはちがうのだ。

タンスの憲兵たちは、何度もおじさんとおばさんの店に来ていたので、当然、わたしの姿も見ていたし、わたしがふたりの家に住んでいることも知っていた。でも、身分証明書を見せろと言ったことは、一度もなかった。本当は住民登録だってしなくてはいけないのに、憲兵は知らん顔をしてくれた。

じゃあ、憲兵は信用できるの？　まもなくわたしは、その答えがノーであることを思い知らされた。

一九四三年三月のある朝、ふたりの憲兵が家にやってきて、サリーおじさんに、聞きたいことがあるから警察まで来るようにと言った。これまでわたしのことを見て見ぬふりをしてくれていた、あの憲兵だった。

ローズおばさんはすぐに、憲兵がおじさんを逮捕《たいほ》するつもりなのを察した。

「おねがい、サリー、行かないで！」

でもサリーおじさんは、拒《こば》んだらもっとひどいことになるのではないかと恐《おそ》れた。

「すぐもどるよ」

「夜には帰れますよ」

憲兵のひとりも、うけあった。

でもその晩、いくら待っても、サリーおじさんはもどってこなかった。そしてその次の晩も。

一週間後、パリの近くのドランシー強制収容所から、サリーおじさんの手紙がとどいた。

手紙には、おじさんが収容所でパパに会ったこと、パパは元気だったことが書かれていた。

「こんなところに来ることになってしまって、本当に残念だ。そしてローズ、おまえに謝《あやま》らなければならない。ここに輸送されてくる途中《とちゅう》、走る汽車からとびおりた人たちもいた。でも、わたしにはその勇気がなかった。ゆるしておくれ。どうか元気で。ふたたびおまえに会えるよう、神に祈《いの》っているよ……」

ローズおばさんは手紙から泣きはらした目を上げた。

「大けがをしても、不自由な体になってもいいから、とびおりればよかったのに……」

おばさんはかすれたような咳《せき》をして、つぶやいた。

「どんな体になったって、いくらでも支えてあげたのに……」

わたしは何も言えなかった。おばさんは窓に近づき、外をながめた。

「この町はもう危ない。逃《に》げましょう」

「どこに行くの？」

「ニースよ。ニースはまだ安全だって聞いたわ」

おばさんは額を窓に近づけた。おばさんの肩《かた》が小刻《こきざ》みにふるえているのが見えた。

5

出発前、おばさんの友だちが、ニースでわたしたちをかくまってくれそうな人の連絡先《れんらくさき》を、いくつか教えてくれた。

ニースまでの汽車の旅はとても危険で、まるでつなわたりのようだった。逃《に》げられたのは奇跡《きせき》というしかない場面が何度もあった。

汽車が駅に着くと、しばしばゲシュタポ［ナチス・ドイツの国家秘密警察］やフランス警察が、抜《ぬ》きうち検査に乗りこんできた。ローズおばさんはフランス語があまり上手ではなく、ドイツ語なまりがあったから、駅に着くたびに汽車からおりることにした。わたしはひとり車両に残って、警官たちの検査をやりすごす。おばさんは警官がホームにおりて、汽車がそろそろと動きだしたところで、汽車にとび乗る。これはうまいやり方だったけれど、同時にとても危険でもあった。おばさんが汽車に乗りそこねて、わたしがひとりぼっちになってしまう可能性と、いつも背中合わせだった。

「もしわたしがもどってこなかったら、この住所の家に行くんだよ」

ローズおばさんは、かくまってくれるはずの家族の住所を紙に書いて、わたしに渡《わた》した。

ローズおばさんの偽《にせ》の身分証明書には、アルザス＝ロレーヌ地方出身と書かれていた。アルザス＝ロレーヌ地方の人々は、ドイツ語なまりのフランス語を話す。一度、ローズおばさんは汽車をおりそこねて、ゲシュタポの抜《ぬ》きうち検査に出くわしてしまった。ドイツ兵たちはおばさんの身分証明書をしつこく調べてから、本当にフランス人かをたしかめようと、おばさんに質問しはじめた。わたしはすばやく会話に加わり、何気《なにげ》ない様子でローズおばさんとフランス語でおしゃべりした。ドイツ兵はそれを聞いて納得《なっとく》したのか、身分証明書を返して、行ってしまった。このときが、わたしがゲシュタポとやりとりした最初の経験だった。

出発から十日後、汽車はついにニース駅に着いた。わたしたちは心底ほっとして、長いため息をついた。そしてかばんを手に、先にわたしが、つづいてローズおばさんが、ホームにおりたった。

わたしは長い旅の緊張《きんちょう》で、ふらふらだった。立っているのはおろか、息をするのさえ、やっとなくらいだった。よろよろと顔を上げたとき、いきなりひとりの女の人の姿が目にとびこんできた。

「わたし、夢を見てるの……?」

感情が一気にこみあげて、心臓が爆発《ばくはつ》しそうになった。

「疲《つか》れすぎて、幻《まぼろし》を見ているのかな?」

ちがう、幻《まぼろし》じゃない! あれはママだ。本物のママだ。ママは青白い顔をして、ひとりぽつんとホームに立っている。ママはわたしたちが着くことを知っていたの? ニースに行くことは、数人の友だち以外、だれも知らないはずなのに……。

「ママ!」

ママはゆっくりとこちらに顔をむけた。

「ママ!」

わたしはかばんを放りだし、かけよった。ところが抱《だ》きつく直前に、ママは気を失って、その場に倒《たお》れてしまった。

この出会いは、まったくの偶然《ぐうぜん》だった。ママはわたしたちが来ることを知らなかったし、わたしたちもママがニースにいることを知らなかったのだ。

またも想像もしていなかったことが起こり、人生ががらりと変わった。ママとローズおばさんとわたしがいっしょにいるというのに、なぜ妹たちだけ遠く離《はな》れていなければならないのか。わたしたちはエリカとジョルジェットを呼びよせる決心をした。ローズおばさんが避難所《ひなんじょ》の連絡先《れんらくさき》を持っていたので、そこに手紙を書いて、妹たちをニースに来させてもらった。

ところが、妹たちがニースに着いたつぎの日から、アメリカ軍の空爆《くうばく》がはじまった。やがてそれが、ニースにひそむ反連合軍スパイの地下組織をたたくためであることがわかった。

「またどこか別の場所に逃《に》げなくちゃならないわね……」

ママはため息をついた。

「ユダヤ人協会が、オート＝サヴォワ県へ行く輸送バスを出しているらしいわ」

ローズおばさんが言った。

「ママ、オート＝サヴォワ県ってどこ？」

「イタリアとの国境近くよ、ファニー。今はイタリアの統治下にあるの。イタリア人は、比較的《ひかくてき》ユダヤ人に好意的だと聞いたわ」

いったい、わたしたちは、いつまでこうしてさまよいつづけなくちゃならないんだろう……。


五月、わたしたち家族は、オート＝サヴォワ県のムジェーヴで、児童救済協会が持つ避《ひ》難施設《なんしせつ》の寄宿舎で暮らしていた。この地方にはもともとフランスの子どもたちの休暇《きゅうか》用の子どもの家がたくさんあったから、ママはさっそくそのひとつに出むいて、アイロンかけの仕事を見つけてきた。ローズおばさんは毛皮屋さんで働きはじめた。ローズおばさんはどこに引《ひ》っ越《こ》すときも、かならず裁縫《さいほう》道具を持っていった。

ママとおばさんが仕事に行っている間、わたしと妹たちは、いっしょに留守番をした。食べものが不足していたから、わたしたちはよく森に行って、食べられる草や花をつんできた。ショーモン城でクライン先生に教わったことが、とても役に立った。やがてビルベリーの季節が来ると、わたしたちは山にのぼり、かごいっぱいとってきた。ほかの家族にまで分けてあげられるくらい、たっぷりとった。わたしたちが暮らす寄宿舎の責任者は、あまったビルベリーを買い取ってくれた。こうやって、ほんの少しだけれど、家のためにお金をかせげるのは、とてもうれしいことだった。

ある朝、ビルベリーをつみおわり、山を下りている途中《とちゅう》で、ジョルジェットがとつぜん立ち止まった。

「セーターがない……。山の上にわすれてきちゃった……」

わたしはジョルジェットをしかりつけた。

「気をつけなきゃだめでしょ！　また、もどらなくちゃならないんだよ」

「あたしのセーター……。あれしかセーターを持ってないのに……」

ジョルジェットはむくれた。

わたしはくたくたで、一刻も早く家に帰りたかった。でも、しかたがない。ため息をついて、かごを地面におき、妹たちに言った。

「ここで待ってて。セーターを取ってくるから」

山の上にもどると、真っ赤なセーターはすぐに目についた。セーターに手を伸《の》ばした瞬《しゅん》間《かん》、わたしはその場にこおりついた。銃《じゅう》を持ったひげもじゃの男が、目の前にぬっと姿を現したからだ。

数秒間、わたしたちは見つめあい、銅像のように動かなかった。永遠のように思える時間が過ぎたあと、男は言った。

「きみはユダヤ人?」

「ち、ちがいます!」

とっさのことに、わたしはちょっとまごついてしまった。男はほほえんだ。

「うそをつかなくてもいいんだよ。こわがらないで、本当のことを言ってごらん」

「わたし、ユダヤ人じゃありません! 森にビルベリーをつみにきたら、妹がセーターをわすれちゃって。それをとりに来ただけです」

「知ってるよ。きみたちがビルベリーをつんでいるところを、これまで何度も見かけてるからね」

ひげの男の後ろから、さらにふたりの男が現れた。やはり銃《じゅう》を手にしている。わたしはもじもじとセーターをいじりながら、男たちの顔をかわるがわる見つめ、小さな声でたずねた。

「……あなたたち、レジスタンス[ナチス・ドイツの占領《せんりょう》に抵抗《ていこう》する地下組織]?」

「おやおや、レジスタンスを知ってるのかい？」

ひげの男がおどろいて言った。

「知ってる。ドイツ軍に抵抗《ていこう》して、戦っているんでしょ？」

レジスタンスならだいじょうぶ。わたしは安心して、男たちにわらいかけた。

「レジスタンスの人たちって、山や森にかくれてるのよね。わたしもドイツに反対だよ。さっきおじさんが言ったとおり、わたし、ユダヤ人だもん」

三人の男は楽しそうにわらった。

「おじさんたち、すごく勇気があるね。みんながおじさんたちみたいだったらいいのに……」

「じゃあ、きみもドイツ相手に戦う気があるかい？」

最初の男が聞いた。

「もちろん！」

わたしはさけんだ。

「本当に？」

「うん、本当！」

男は満足そうにわらった。

「じゃあ、そのうちきみに手伝ってもらうときが来るかもしれないね。でも、このことはぜったいだれにも言っちゃだめだよ」

わたしは言いつけを守って、レジスタンスの男の人に会ったことは、エリカ以外だれにも話さなかった。エリカならぜったい信用できる。

いったい何をたのまれるんだろう。わたしは待ち遠しくてしかたがなかった。用心のために、その日以来、山にビルベリーをとりに行くときには、ジョルジェットは連れていかなかった。

その機会はすぐにやってきた。数日後、わたしとエリカがビルベリーのしげみに行くと、ひげの男がそっと近づいてきて、レジスタンスの仲間のところへパンをとどけてくれないかとたのんできた。

「もちろん！　どうしたらいいの？」

「仲間のひとりが、きみたちに乳母車《うばぐるま》を渡《わた》す。それを押《お》して、パン屋に行ってほしいんだ」

男はポケットから紙を出した。

「この紙にある住所と名前が暗記できたら、紙はすぐやぶってすててくれ。そしてそこにパンをとどけてほしい。わかったかい？」

「うん、わかった！」

「気をつけて」

ひげの男はほほえんだ。

「あなたもね！」

わたしは男に手をふった。

そうやって数週間、わたしたちはできるかぎりレジスタンスの手伝いをした。パン屋でパンを手に入れ、それを指定された住所に運んだ。言われた場所にある石の下に、メッセージをかくしたこともある。すると別のだれかがやってきて、それをこっそり持っていく。メッセージに何が書いてあるか、わたしはまったく知らなかったし、あえて見たり、たずねたりもしなかった。ただ頼《たの》まれたことをこなすだけだった。ときどき不審《ふしん》に思ったママに、「しょっちゅう出かけているけど、いったいどこに行っているの」と聞かれると、「えっ、どこにも行ってないよ。いつも家のそばにいるじゃない」と、おどろいた顔をつくって見せた。

あるとき、パン屋に行くと、おじさんがドイツ語で電話しているのが聞こえてきた。わたしはぎくりとした。おじさんは「はい、少佐《しょうさ》どの。了解《りょうかい》しました」とわらっている。

わたしは思わず身震《みぶる》いした。パン屋のおじさんはわたしがドイツ語をわかるのを知らないから、必死でいつもと変わらない顔をしたけれど、心のなかでは恐《おそ》ろしくてしかたなかった。

「このパン屋、ドイツの協力者よ」

わたしはエリカにささやいた。この近所はどこもろくに電話が通じなくなってしまったのに、このパン屋のだけが通じていたのは、そのせいだったんだ！　こうやってこっそりドイツに情報を流していたんだ！

わたしたちはパンを受けとり、乳母車《うばぐるま》に入れて、何事もなかったかのようにいつもの住所に運んだ。それからレジスタンスの人たちに危険を伝えるため、山の上に走っていった。

話を聞いた男たちは、ひどくおどろき、不安の色をありありと顔にうかべた。この山にいる仲間のほかに、べつの山にひそむ仲間も、同じパン屋からパンを受けとっていた。どちらにも命の危険がせまっている。

ひげの男がため息をつき、真剣《しんけん》な目でわたしを見た。

「方法はひとつしかない。ジョリー山はわかるね？　きみが行って、このことを仲間に知らせるんだ」

「でも……」

男はわたしをさえぎった。

「夜になってから行くこと。昼だと、危険すぎる」

「でも……」

わたしはとまどった。こんなこと、子どもひとりにはとても無理だ。

「できるのはきみだけなんだよ」

ひげの男はわたしの肩《かた》に手をおいた。

そしてコートから紙を取り出して何か書きこみ、小さくたたんでさしだした。

「この手紙を下着のなかにかくすんだ。そして仲間のところへ行ったら、これを渡《わた》して、きみが聞いたことを全部話してくれ。夜、家をぬけだせそうなときが来たら、できるだけ早く行くこと。帰りは仲間のだれかが自転車で送ってくれるよ」

行くしかない。でないと、全員の命が危ない。

エリカと相談して、わたしがベッドをぬけだしたら、ママにばれないように、枕《まくら》をふとんの下に入れておいてもらうことにした。

わたしは家族が寝《ね》しずまるのを待って、家を出た。いったい何時なのか、見当もつかなかった。外は墨《すみ》を流したような暗闇《くらやみ》だ。わたしはこわくてこわくてしかたなかった。十三歳《さい》の女の子が、夜間外出禁止令「フランスを占領《せんりょう》したドイツ軍は、午後十一時以降、人々の外出を禁止する命令を出していた」と灯火規制《とうかきせい》のある、深夜の真っ暗な町を、ひとりで歩いていくなんて……。あっちにもこっちにも、おばけや悪魔《あくま》がひそんでいそうな気がした。影《かげ》が見えるたび、ドイツ兵かと思い、ふるえあがった。風の音は魔女《まじょ》のささやき声に聞こえた。

わたしは必死で勇気をかき集めようとしたけれど、どうしてもだめだった。これまでに聞いたり、読んだりした怪物《かいぶつ》や血まみれの化け物の話がつぎつぎと頭にうかんでくる。小さいころ、寝《ね》る前にパパがしてくれた怪物のお話まで思い出してしまう。

それでも、わたしは歩くのをやめなかった。

とつぜん、道の真ん中に、大きくて不気味な塊《かたまり》が立ちはだかった。長く恐《おそ》ろしい影《かげ》をひきずっている。同時に、低い鐘《かね》の音がひびいた。

もうだめだ！　完全におしまいだ。

この怪物《かいぶつ》におそわれて、わたしはずたずたにされてしまうんだ。

わたしはじりじりと前に進んだ。逃《に》げるべきか、いや、そもそも走って逃げるなんてことが今のわたしにできるのか、まったくわからなかった。怪物《かいぶつ》はじっと動かない。

わたしはさらに一歩ふみだした。そしてもう一歩……。

その瞬間《しゅんかん》、わたしは声を立ててわらった。体じゅうの力がぬけ、自分の臆病《おくびょう》さが恥《は》ずかしくなった。

そこにいたのは、牝牛《めうし》だった。山に放し飼いになっている牝牛……。

霧《きり》が晴れるように、恐怖《きょうふ》が消え、急に力がわいてきた。

わたしは牝牛《めうし》をよけて、道をいそいだ。するとまもなく、ひげの男に教わったとおり、山小屋が見えてきた。そっと扉《とびら》をたたき、「サンザシとバラ」という合言葉をささやくと、扉が開いた。

髪《かみ》を短く刈《か》りあげた若者が、顔を出した。

「どうした？　何かあったのか？」

若者はおびえたようにたずねた。

「緊急《きんきゅう》の手紙を持ってきたんです」

わたしは小屋に入った。三人の若者がテーブルのまわりにすわっている。手紙を読むなり、若者たちは青ざめた。そしてわたしがだれで、どうしてここに来ることになったのか、たずねてきた。

わたしはこれまでのことをすべて話した。ビルベリーつみ、ひげの男にはじめて会った日のこと、パンの入った乳母車《うばぐるま》、ドイツ語で電話をしていたパン屋のおじさん……。エリカのことまで話した。

やがて、最初に扉《とびら》を開けた若者が立ち上がった。

「おいで。家まで送っていくよ」

漆黒《しっこく》の闇《やみ》のなか、若者はわたしを自転車の後ろに乗せ、こいでいった。そしてときどき、ハンドルから片手を放して、そっとわたしを押《お》さえてささやいた。

「ファニー、眠《ねむ》っちゃだめだ！　起きて！」

わたしはいっしょうけんめい眠気《ねむけ》とたたかった。若者は家の前で、まるで戦友にするように、がっちりとわたしの手をにぎってから、闇《やみ》のなかを帰っていった。

6

八月、またしても別の場所に逃《に》げることになった。やっと慣れてきた町や家とも、仲よくなった人たちともお別れ。新しい場所、出会い、別れ、逃亡《とうぼう》……そのくりかえし。根無し草みたいなこの暮らしは、いつか終わる日が来るのだろうか。

今回、目指す場所はスイスだった。ドイツ軍がすぐ近くにせまってきたので、児童救済協会は、この施設《しせつ》にいる子どもたちを集めて、国境を越《こ》え、スイスに逃《に》がすことを決めた。

ニコル・サロン夫人——本名はニコル・ヴェイユだけれど、ユダヤ人だとばれないように、苗字《みょうじ》を変えていた——が、子どもたちを十人ほどのグループに分け、逃《に》がす手はずを整えた。ママが必死にたのみこんでくれたおかげで、わたしと妹たちもそのグループのひとつに入ることができた。十七歳《さい》の青年がわたしたちを引率《いんそつ》して、スイスまで連れていってくれるという。

サロン夫人の計画はすごくきちんとしていたし、移動は汽車ではなく、バスだと聞いていたから、スイスまでの旅はそれほどたいへんではないだろうと、わたしは最初、考えていた。

わたしは窓ぎわの席にすわり、バスの横に立つママを見た。ママは泣いていた。ローズおばさんがどんなになぐさめても、ママは涙《なみだ》を止められなかった。

「今度はいつ、娘《むすめ》たちに会えるというの……。もう二度と、会えないかもしれないのよ……」

ママは泣きくずれた。

窓を開け、ママにお別れを言ったとき、バスが動きだした。胸がはりさけてしまいそうだった。もしかしたら二度と、ママに会えないかもしれないの？　ママはまたしても、ひとりぼっちになってしまった。住む場所もなく、パパがどこにいるのかもわからない。こんなふうにママをひとりにしていいの？　わたしはママといっしょに残るべきだったんじゃないの？

バスのなかでは、子どもたちが泣きはじめた。そのひとりひとりの顔を見つめながら、わたしもいっしょに声を上げて泣きたかった。なにかたいへんなことが起きるような予感がしてならなかった。

わたしは必死で奥歯《おくば》をかみしめた。ぜったいに泣くものか。わたしが泣けば、妹たちも泣いてしまう。わたしが悲しそうにすると、エリカもジョルジェットも、すぐに目に涙《なみだ》をうかべる。でもわたしがわらっていれば、妹たちもいっしょにわらうのだから。

エリカとジョルジェットに加え、わたしは小さな兄弟のめんどうを見なくてはならなかった。兄弟の両親からたのまれたのだ。旅の間、わたしは四人の子どもから目を離《はな》さず、いっしょうけんめい元気づけようとした。

バスが最初に停《と》まったのは、質素な子どもの家だった。わたしは妹たちと兄弟に言いきかせた。

「いい、わたしから離《はな》れちゃだめよ。気をつけて、しっかりついてくるの。わたしがいつもあなたたち全員のあとを追いかけてるわけにはいかないんだから。わかった？」

子どもたちはこくりとうなずいた。エリカは目でわかったと合図し、ジョルジェットは尊敬のまなざしでこちらを見ている。わたしは思わずにっこりした。まるで『ジャングル・ブック』のオオカミの長《おさ》、アケイラになったみたいだ。

わたしたちはその小さな子どもの家で、三日間過ごした。その間、ジョルジェットは庭のブランコから落ちて、腰《こし》を強く打ってしまった。

ジョルジェットはひどく痛がり、いっしょにバスの旅をつづけるのはむずかしそうだった。でも、わたしはぜったいにジョルジェットを連れていくと言いはった。

わたしは自分の肌着《はだぎ》をジョルジェットの腰《こし》にまきつけ、「だいじょうぶ！　ジョルジェットならできるよ」とはげました。

「わかった。やってみる……」

ジョルジェットは消え入るような声で言った。

「もしがんばれたら、ノートに書いておいてあげるからね」

とたんにジョルジェットの顔がかがやいた。

わたしのかばんのなかには、ノートが四冊とえんぴつが入っていた。勉強を再開できたときのためにと、タンスの学校の先生がプレゼントしてくれたのだ。そのノートを、わたしは日記帳にして、毎日のできごとや思ったことを書きこんでいた。ほかの子たちはそんなわたしを「作家さん」と呼んでいた。

わたしたちを引率《いんそつ》する青年エリーのところに、児童救済協会から指示がとどき、つぎの中継地《ちゅうけいち》がある小さな村までは列車で移動することになった。

ある駅に列車が着いたとき、ホームにドイツ兵がたくさんうろついているのが見えた。

わたしの正面にすわっていたエリーの顔が、みるみるうちに青ざめた。エリーは急に立ち上がり、壁《かべ》によりかかって、うわずった声で言った。

「ぼくはここでおりる」

わたしは耳を疑った。

「えっ、なに⁉」

「ここでおりると言ったんだ。ぼくには病気の母親がいる。ぼくがつかまったら、だれが母さんの世話をするんだ。これ以上、きみたちといっしょには行けないよ」

わたしはぼうぜんとして、エリーを見つめた。この人は十二人の子どもを置き去りにして、逃《に》げようっていうの？

「だめだよ、そんな！　何をバカなことを！」

「ほかにどうしようもないんだよ。それにファニー、きみがみんなを引率《いんそつ》すればいい。きみならできる。文字も地図も読めるだろ？　だったらそんなにむずかしいことじゃないよ」

「読めるけど、でも……」

エリーはわたしをさえぎってつづけた。

「それなら問題ない。きみにまかせていければ、ぼくも少しは気が楽だ」

ショーモン城にいた三年の間に、地図の読み方、太陽の位置で時間をはかること、星の位置から方角を知ることなど、万が一の場合に役に立つことはあれこれ習っていた。だけど、たった十三歳《さい》のわたしに、そんな重い責任をひき受けることなんてできるはずがない。

でも、エリーは書類をわたしに押《お》しつけるように渡《わた》すと、汽車をおりてしまった。わたしは何事もなかったような顔で、計画に何も変更《へんこう》はないから、心配しないように、このまま移動をつづけると、仲間たちに説明した。そしてエリーがここでおりることも、計画のうちであるようなふりをした。

ところが目的地の駅でわたしたちを待っていたサロン夫人は、エリーが汽車からおりてこないことにひどくおどろいた。その様子に、ほかの子どもたちも、エリーがいなくなったのは最初から計画されていたことではなかったのに気づいてしまった。

「エリーはどこ?」

心配そうにサロン夫人がたずねた。

「いません。汽車からおりてしまったから……」

「えっ、おりたってどういうこと⁉」

わたしがこれまでの経過を説明すると、サロン夫人の顔がみるみるうちにゆがみ、目に涙《なみだ》がうかんだ。

「なんて無責任な！　それにエリーがおりたのは、ドイツ兵が山ほどいる駅よ。自分からつかまりに行ったようなものよ。どうして？　どうしてそんなことをしたの？　あの子、身分証明書さえ持ってないのに」

サロン夫人は完全に取り乱していた。わたしはできるだけ落ちついた声で、しずかに言った。

「サロン夫人、わたし、前にいた子どもの家で、いつもリーダーをしていました。みんなをまとめることには慣れています。汽車にも乗ったことがあるし、山のなかでも方角がわかるし、食べられる植物を見つけることもできます。サロン夫人がいいと言うなら、わたしがエリーの代わりをします」

サロン夫人はおどろいた顔で見つめた。

「慣れているって……。ねえ、ファニー、あなたは今まで、どこでどんなことをしてきたの？」

これまでの生活や経験をかいつまんで話すと、サロン夫人はじっと眉《まゆ》をよせた。

「ちょっと考えてみましょう。そのことは今夜、また宿で話しましょうね」

夜、ほかの子たちが寝《ね》しずまると、サロン夫人はわたしをべつの部屋に呼んで、これからのことを説明した。汽車ではどうふるまえばいいかなど、するべきことを、わたしがほとんどわかっているのを知り、夫人はとても安心したようだった。

つぎの朝、目を覚ました子どもたちに、サロン夫人は、これからはわたしがエリーに代わって引率役《いんそつやく》をつとめるから、しっかり言うことを聞くようにと伝えた。そして、次の中継地《ちゅうけいち》へ向かうために、いそいで出ていった。

こうしてわたしは、スイスへ、そして自由へむかって逃《に》げる、十一人の子どもの命をあずかることになったのだった。

7

最初、わたしは、中継地《ちゅうけいち》アンヌマスには問題なく着けるだろうと、楽観的に考えていた。ところが、途中《とちゅう》にあるアヌシー駅にさしかかったとき、その先の線路が爆破《ばくは》されていることが伝えられた。乗客は全員、汽車からおろされてしまった。

「修理がすむまで、つぎの列車は来ないよ」

駅員さんに言われ、わたしは途方《とほう》にくれた。サロン夫人はアンヌマス駅で待っている。夫人とはぐれたら、わたしたちはそこから先、どこに行ったらいいのか、わからなくなってしまう。

「ほかにどうしようもないんだよ」と、駅員さんは肩《かた》をすくめた。「もっと早く着きたいのなら、まずリヨンに行き、そこでべつの汽車に乗りかえるといい」

でも、リヨンにはゲシュタポがうようよしている。そんなところはぜったいに通れない。わたしはいそいで頭をめぐらせた。もしサロン夫人がわたしたちより前の汽車で出発していたら、線路が爆破《ばくは》される前にアンヌマスに着いている。でも、もしわたしたちより後の汽車だったら、夫人もこの駅で足止めをくらうはず。だったら、ここで待っていたほうがいいのだろうか。

わたしはすばやく周囲を見まわした。ホームにはドイツ兵がわんさといる。だめだ、ここは危険すぎる。一刻も早く出なくては。

「リヨンで乗りかえる以外に、方法はないんですか?」

わたしはつづけて駅員さんにたずねた。

「そうだねえ。あとは貨物列車なら、別の経路で行くのがあるけど……」

どうやら駅員さんは、わたしがひとりで旅していると思っているようだった。

「じゃあ、それに乗ります! パパやママたちがアンヌマス駅で待ってるの。あんまりおくれると、何かあったんじゃないかって心配させちゃうから」

考えるより先に、わたしの口は動いていた。

駅員さんはやさしく言った。

「わかった。じゃあ、手配してあげよう。でも、本当は貨物列車には人を乗せられないんだよ。今回は特別だからね」

「ありがとうございます！」

わたしはほかの子たちに手まねきをした。わたしのまわりにぞろぞろと集まった子どもたちに、駅員さんはぎょっとした。そしてわたしを見て、ほかの子たちをぐるっと見て、それからまたわたしを見た。

「……この子たちはだれだい？」

「いっしょにアンヌマスへ行く友だちです」

「全員？」

まさかこんなことになるなんて、もちろん駅員さんは考えていなかった。

「きみだけだと思っていたら……」

わたしは首をふった。

「みんな、どうしてもいっしょに行かなくちゃならないんです。どの子の親も駅で待っているんです！」

駅員さんは眉《まゆ》をひそめ、ためらっているようだった。おそらく、わたしたちが逃亡中《とうぼうちゅう》のユダヤ人の子どもだと気がついたのだろう。

でも、やがて駅員さんは小さく肩《かた》をすくめて、答えた。

「わかった。なんとかしよう」

駅員さんはいったん駅舎に入った。数分後に出てくると、わたしたちを貨物列車の郵便車両に連れていき、なかに乗せた。

貨物列車が動きだすと、駅員さんはさけんだ。

「幸運を祈《いの》るよ！」

「駅員さん、ありがとう！」

走っていく貨物列車のなかで、わたしはほとんど口をきかなかった。十一人の仲間の命をあずかる重圧に押《お》しつぶされそうだった。もしもサロン夫人が駅にいなかったら、どうしよう？　わたしたち、どうなってしまうのだろう？

エリカは線路の爆破《ばくは》について、あれこれ聞きたがった。どうして線路が爆破されたのか、だれのしわざで、だれが修理するのか。でも、わたしも何も知らなかった。わたしは何度も子どもたちの数を数え、はぐれた子がいないかどうかたしかめた。車両のなかで、子どもたちは眠《ねむ》ったり、窓から外をながめたりしていた。

やがて列車はスピードを落とし、駅に入った。アンヌマスに着いたのだ。サロン夫人に会えなかった場合について、わたしがまた頭をめぐらしていると、エリカがさけんだ。

「あっ、いた！」

「だれが？」

「サロン夫人……」

エリカは感きわまって、声がふるえていた。わたしは窓にかけより、外を見た。向かいのホームに列車が停《と》まっていて、サロン夫人はそれに乗りこもうとしていた。

「サロン夫人！　サロン夫人！」

わたしがさけぶと、ほかの子たちもいっせいに声を合わせた。

夫人はふりむき、こちらに走ってきた。わたしたちは貨物車両から、ひとりずつとびおりた。最後にまた、わたしは子どもたちの数を数えた。

「ぜったい無理だと思ってたわ。いったいどうやってここまで来たの？」

サロン夫人はいきおいこんでたずねた。

「貨物列車の郵便車両に乗せてもらったんです」

わたしはほほえんだ。

「貨物って……。そんなことが……」

「リヨンを通ることができないのは、わかっていました。ゲシュタポがうようよしているから。それで駅員さんに、アンヌマスへ行く別の方法がないか、聞いたんです」

夫人は心からほっとしたように、ため息をついた。

「今、ちょうどアヌシー駅に行こうとしていたのよ。アンヌマス行きの列車に乗っていた人は、みんなそこにいるって聞いたから」

「こんな子どもばかりで、ホームにぐずぐずしていたら、ゲシュタポに目をつけられちゃいますよ！」

サロン夫人はわたしをぎゅっと抱《だ》きしめた。

「本当によくやったわ！」

わたしは急に恥《は》ずかしくなって、目をそらした。夫人はわたしの両ほほにキスをした。

それからサロン夫人は、いそいでわたしたちをローカル列車のところへ連れていった。

この列車に乗って、スイスへの越境請負人《えっきょううけおいにん》がいる場所まで行くのだ。

駅は人であふれかえっていた。サロン夫人はわたしの肩《かた》に手をおいた。

「発車ぎりぎりまで、みんなでホームにいてちょうだい。列車が動きだしたところで、わたしのいる車両にとび乗って」

「わかりました」

夫人がステップをのぼって、なかに入るのを見とどけると、わたしは仲間たちといっしょに、ホームでその車両の扉《とびら》のすぐそばに立った。みんなを連れて、列車に乗ったりおりたりするのにも、だいぶ慣れてきた。わたしはまた人数を数え、全員かたまって、はぐれないようにと伝えた。

列車はそろそろと動きはじめた。わたしはまずエリカを車両に押《お》しあげ、つづいてほかの子たちもつぎつぎに押しあげた。全員を乗せたところで、わたしも列車にとび乗った。よし、これでみんな乗ったはず。開いたままの扉《とびら》の前に立つ子どもたちを、わたしは大いそぎで数えた。一、二、三……九、十……えっ、ジョルジェットはどこ？

ジョルジェットの姿はどこにもなかった。列車の動きはまだゆっくりだ。わたしは扉《とびら》にとびついた。心臓は破裂《はれつ》しそうなほど強く打っている。

「ここで待っていて。ホームにもどって、ジョルジェットを連れてくるから」

とたんに、ふたりの子がわっと泣きだした。ファニーはこれきりもどってこられない、自分たちはとり残されてしまうと思ったのだ。

わたしがホームにとびおりると、エリカもあとにつづいた。すぐに、人形を手に持ち、顔を涙《なみだ》でびっしょりにしているジョルジェットが目に入った。

「ファニー……ファニー……」

ジョルジェットはしゃくりあげている。

わたしはかけよって、ジョルジェットの手をつかみ、列車のほうにひきずっていった。

列車はすでにスピードを上げている。いったいどこからそんな力が出たのかわからないけれど、わたしはジョルジェットとエリカを客車に押《お》しあげ、つづいて自分もとび乗った。

窓から心配そうに見ていたサロン夫人が胸をなでおろしているのが、ちらりと見えた。

「どういうことなの？」

わたしはジョルジェットの肩《かた》をつかみ、どならないように、せいいっぱい自分をおさえながらたずねた。

「わかんない……急におねえちゃんの姿が見つからなくなっちゃって……。となりにいた女の人のこと、おねえちゃんだと思っちゃったの……」

ジョルジェットはショック状態のまま、わたしにしがみつき、泣きじゃくった。

「その女の人はどうしたの？」

わたしはさっきよりやさしい声でたずねた。

「ママはどこって聞かれたから、ここにはいないって答えたの」ジョルジェットは、しゃくりあげた。「あたし、女の人に、スイスに逃《に》げる子どもたちのグループを見ませんでしたかって聞いてみたの」

「えっ、何⁉　何を聞いたの？」

わたしはジョルジェットに顔を近づけた。その剣幕《けんまく》におどろき、ジョルジェットはおびえたように言った。

「スイスに逃《に》げる子どもたちを見ませんでしたかって聞いたの……」

頭にかっと血がのぼった。わたしはジョルジェットから人形をひったくって、力いっぱい窓から投げすてた。

「なにするのよう！」

ジョルジェットは泣きだした。

「なにする？　よくそんなことが言えるね！」

考えるより先に手が動き、わたしはジョルジェットのほほをたたいていた。

「どうしてその人に、そんなことを言ったの！」

ジョルジェットはうつむき、わたしの手をにぎった。

「どんなにぶってもいいよ。でも、おいていかないで……。ひとりにしないで……」

それを聞いて、やっと少し落ちつき、わたしはジョルジェットの手をとって、サロン夫人とほかの子どもたちのところへ行った。

サロン夫人はわたしのおでこにキスをしてから、ジョルジェットをしかった。ジョルジェットはしょんぼりと下をむき、それを聞いていた。

わたしは、大きなため息をついた。全身の力が、がくっとぬけた。ほかの子たちはうれしくてたまらない様子で、わたしを見ている。こわい思いはしたけれど、わたしたちはひとりも欠けることなく、無事に列車に乗れたのだ。

8

スイスの国境近くの村に着くと、一台のトラックが停《と》まっていた。越境請負人《えっきょううけおいにん》が、わたしたちを幌《ほろ》のかかった荷台に乗せた。外出禁止令が出る時間がせまっている。わたしは気が気ではなかった。

同じトラックで国境を越《こ》えて逃《に》げようとしている人は、ほかにも大勢いた。大人も多く、なかにはフランス語を話せない人もいた。いつものように、わたしは仲間たちを集め、人数を数えた。

サロン夫人が近づいてきて、わたしを胸に抱《だ》きしめた。

「さあ、これからあなたたちはスイスに行くの。自由になるのよ。もしいつかまた会える日が来るとしたら、戦争が終わったあとね」

サロン夫人のほほを涙《なみだ》が伝っていた。わたしも胸が熱くなり、今にも泣きだしてしまいそうだった。

「サロン夫人……」

「なあに、ファニー？」

わたしは胸がしめつけられて、うまくしゃべれなかった。

「もしも……もしもママに会ったら……わたしたちは元気で、もうすぐ自由になるって伝えてくれますか？」

「ええ、約束するわ。体に気をつけて。みんなをよろしくね」

「まかせてください。だいじょうぶ、きっとうまくいくと思います」

わたしはほほえもうとしたけれど、うまくいかず、しかめっ面《つら》みたいになってしまった。

トラックが動きだした。ジョルジェットはわたしのひざに頭をのせた。わたしはいっしょに旅をする人たちがどんな人なのか、見ようとしたけれど、トラックの荷台は暗くて、ほとんど何も見えなかった。なんとか無事に着きますように。わたしは心から祈《いの》った。

ところが出発してわずか数分後、トラックはスピードを落とし、やがて停《と》まってしまった。

エリカがわたしの手をぎゅっとにぎった。エリカの手は緊張《きんちょう》で汗《あせ》ばんでいる。トラックの幌《ほろ》のせいで、外で何が起こっているのか、まったくわからない。ただ声だけが聞こえてくる。よかった、ドイツ語じゃない！　フランス語だ。

とつぜん、幌《ほろ》が開けられた。懐中電灯《かいちゅうでんとう》の光がさしこみ、目がくらんだ。

「なんだ、これは？　子どもか？」

男のさけぶ声がした。

「おりろ！」

別の男がどなった。

緊張《きんちょう》と恐怖《きょうふ》に身をちぢめ、わたしたちはトラックをおりた。男たちがだれか、見当もつかなかったけれど、着ている制服からすると、たぶんフランスの憲兵だろう。

男たちはトラックに乗っていた人たちを、乱暴につきとばしながら、無理やりいくつかのグループに分けた。

「おまえはこっち！……おまえはあっち！」

エリカとジョルジェットは、わたしとは別のグループに入れられ、たちまち泣きだした。

わたしは懐中電灯《かいちゅうでんとう》の男にかけよった。

「おねがい、妹たちといっしょのグループにしてください！」

「だめだ！　おまえはこっちだ」

「わたしたち、きょうだいなんです！」

「言われたとおりにしろ！」

わたしは絶望して、妹たちを見た。ジョルジェットが泣いている。

「ファニー！」

「泣かないで！」こみあげる涙《なみだ》をこらえながら、わたしはさけんだ。「だいじょうぶ。心配しないで。すぐそっちに行くから！」

わたしは心の底から憲兵をにくんだ。

「どうしてこんなひどいことをするの？　こんな人、めちゃめちゃにひどい目にあえばいい！」

持ちものをすべて取りあげられたあげく、わたしたちはトノンの刑務所《けいむしょ》に連れていかれた。越境請負人《えっきょううけおいにん》もいっしょだった。

刑務所《けいむしょ》に着いたとき、太った女の人とその娘《むすめ》が、わたしのノートや服を手にしているのが見えた。わたしは瞬間的《しゅんかんてき》にノートにとびついた。これはわたしが何より大切にしているもの。服なんてくらべものにならない。

「返して！」

そして、となりに立っている女の子に「これ、わたしのよ！」と言った。

「なんにも盗《と》ったりしていないわよ」

太った女の人は言い返した。するとエリカが息を切らして、走ってきた。

「うそ！　盗《と》ったよ！　わたしとジョルジェットでファニーの服とノートを見つけて、取っておいたのに、この女の人が来て、無理やり持っていっちゃったの！」

女の人はきまり悪そうに、娘《むすめ》の手からノートを取りあげた。

「あんたのだとは知らなかったんだよ」

「全部、わたしのです！」

わたしは女の人をにらみつけた。

「わかったよ、ほら、返すよ。こんなノート、わたしにゃ、何の役にも立たないからね」

女の人はばつの悪そうな顔でわらい、ノートをさしだした。わたしはそれを宝物のように胸に抱《だ》きしめた。

そのとき、憲兵のひとりが、「自分のグループにもどれ！」とさけんだ。わたしはエリカの手を取り、ささやいた。

「もし名前を聞かれたら、マルグリット・ビソンって答えるんだよ。ぜったいにエリカなんて言っちゃダメ。エリカはユダヤ人の名前だから」

「わかった」

エリカはふるえながらうなずいた。

「いい、わたしたちの苗字《みょうじ》は『ビソン』。ジョルジェットにもしっかりおぼえさせて」

「うん」

もしわたしたちの仲間の身元が憲兵にばれるとしたら、小さい子の口からだと思っていた。小さい子はだまされやすいし、すぐに丸めこまれてしまう。ところがおどろいたことに、それはまちがいだった。ひとりずつ別の部屋で質問されたのに、どの子もしっかりと秘密を守りとおした。

秘密を憲兵にばらしたのは、なんと見ず知らずの女の人だった。わたしたちがユダヤ人の子どもで、スイスに密出国しようとしていると言いつけ、それとひきかえに、自分と家族を自由にしてくれるようにたのんだのだ。

憲兵は勝ちほこった笑《え》みをうかべ、「おまえたち、正体がわかったぞ」と、部屋に入ってきた。もうおしまいだ。こんなにたいへんな思いをして、やっとここまで来たのに。わたしは怒《いか》りに燃え、まわりを見まわした。窓には鉄格子《てつごうし》がはまり、入り口にはふたりの見張りが立っている。

何ひとつ悪いことをしていないのに、わたしたちは牢獄《ろうごく》に入れられてしまった。いったいどうして？　ユダヤ人だから？　ユダヤ人でいるのは犯罪なの？　それだけで、子どもも大人も罰《ばっ》されなければならないの？

わたしは大いそぎで頭をめぐらせた。もしここを逃《に》げだしたとしたら、どこへ行く？　サロン夫人のところ？　でもどうやってサロン夫人を見つけるの？　ほかの子たちはどうする？

「全員立て！　ついてこい」

憲兵が命令した。

絶望的な気もちのまま、わたしはのろのろと立ち上がり、重い足をひきずって、ついていった。憲兵はわたしたちを、刑務所《けいむしょ》から少し離《はな》れた場所にある校舎のような建物に連れていき、教室に入れた。なかには、ふたりがけの机といすが三列ならんでいた。

「親の居場所を教えるまで、だれもここから出られないからな！」

憲兵が言った。

「のどが渇《かわ》いたよ……」

エリカがつぶやくと、憲兵は眉《まゆ》をよせ、おどすようににらんだ。

「ここは刑務所《けいむしょ》だぞ！　聞かれたことをすべて話すまで、食べものも飲みものもなしだ」

ひとりの男の子がわっと泣きだし、そのとなりの子は、恐怖《きょうふ》のあまり、おもらしをしてしまった。わたしは憲兵を見て、つぎに子どもたちを見た。絶体絶命だ。けっしてパニックになったり、なんでもペラペラしゃべったりしてはならない。そんなことをしたら、もっとひどいことになってしまう。

「ファニー、しっかり！　頭を働かせて！」

わたしは自分にくりかえし言いきかせた。

それからおもらしをしてしまった男の子のそばに行き、ぎゅっと抱《だ》きよせながら、すべての窓に目を走らせた。どんなことをしても、逃《に》げる方法を見つけてやる。あんな人たちの思いどおりになるものか！

「みんな、こっちに来て！」

わたしは仲間の子どもたちに手まねきをした。今も変わらず、みんなのリーダーであることを示すために。そしてリーダーは、どんな状況《じょうきょう》でもかならず解決策を見つけて、切りぬけるのだ。

子どもたちはすぐわたしのまわりに集まった。一、二……五、六……九、十……十三、十四……十六。えっ、どういうこと？　仲間の数は十二人だったのに。ほかの子はどこから来たの？

「ぼくもいっしょにいさせて」

「わたしも。おねがい……」

はじめて見る子たちが言った。

わたしは一瞬《いっしゅん》とまどった。でも、ことわれるはずがなかった。数えてみると、子どもたちは全部で……なんと二十八人だった！　わたしはもう一度、手をあげて、合図した。

「わかった。仲間に入りたい人は、みんな来ればいい。でも仲間になるなら、ちゃんと規則を守ってね」

「どんな規則？」

わたしより年上の男の子が聞いた。

「ええと、たとえば食事は小さい子が先で、大きい子はあとってこととか」

「食事?」ひとりの女の子が皮肉な笑《え》みをうかべた。「さっき憲兵が、食べものなんてやらないって言ったのに?」

「そんなの、ただのおどしよ。子どもを飢《う》え死《じ》にさせるわけないもの」

わたしはきっぱりと言った。

本当のことを言うと、わたしにそんなことがわかるはずなかった。ただその子を安心させるために言っただけ。そしてやがて、その言葉がまちがいであったことがわかってきた。何時間たっても、だれも食べものを持ってきてくれないのだ。

幸いなことに、多くの子どもが旅のためにお菓子《かし》を持っていた。わたしはみんなに、持っている食べものを全部出すように伝え、それをひとまとめにしてから、全員で分けた。食べものはまず小さい子に配り、大きい子はあとにした。大きい子は小さい子より、おなかがすいているのをがまんできるからだ。

「みんなで助けあえば、大変なことも乗りきれる。食べものをみんなと分けたくない人は、仲間じゃないよ。ひとりでなんとかやってね」

わたしがきっぱりと言うと、子どもたちはいっさいもめることなく、食べものを分けあった。

わたしはまとめやすくするために、子どもたちを三つのグループに分けた。そして、自分はひとつのグループを受けもち、ほかのふたつはそれぞれ十七歳《さい》の男の子にまかせた。ふたりとも、わたしよりずっと年上だったけれど、わたしがリーダーになることをすんなり受けいれた。

夜がやってきた。二十八人のユダヤの子どもたちは、小さな教室で体をよせあい、おびえていた。これからどんな運命が待ちうけているのか、だれにもわからなかった。

憲兵の言ったことは、ただのおどしだろうか。本当だろうか。わたしたちは完全に飢《う》えるまで、食べものをもらえないのだろうか。それともしばらくしたら、さすがにかわいそうに思われるのか。わたしたちがつかまったことを、知っている人はいるのだろうか。疑問がつぎつぎとわきあがる。

そして、そのすべての答えを、わたしたちはまもなく身をもって知ることになるのだ。

9

つぎの日、三人の憲兵が取り調べをしに来た。子どもたちはみんな疲《つか》れきって、おなかがぺこぺこで、おびえていた。それでも取り調べで何か話した子は、ひとりもいなかった。ここに来る前、修道院にかくまわれていた子たちは、キリスト教のお祈《いの》りをいくつか知っていた。わたしたちはみんなでそれを習って、わざと大きな声で唱えてみせた。

お祈《いの》りが聞こえてくると、憲兵はとまどいはじめた。

「おい、この子たち、もしかしたらフランス人なんじゃないか？　さっきからずっと、カトリックのお祈《いの》りを唱えてるぞ……」

憲兵のひとりが言った。

「きっともうすぐ食べものを持ってくるぞ！　フランス人が飢《う》えさせるのは、ユダヤ人だけだからな」

ヴィクトールという十四歳《さい》の少年が、わたしにささやいた。

でも残念ながら、その予想は外れた。お祈《いの》りをしても、食べものはいっさい運ばれてこなかった。小さい子は泣きはじめ、もうどうやっても泣きやまなかった。

本当に飢《う》え死《じ》にさせられてしまうのだろうか。わたしたちを閉じこめている人たちは、そんなに冷酷《れいこく》なんだろうか。

やがて、二度目の夜がやってきた。飢《う》えはますますわたしたちを苦しめる。

みんなが寝《ね》しずまったころ、ディアヌという十七歳《さい》の女の子が、暗闇《くらやみ》をそっと這《は》って、わたしの横にきた。ディアヌはお菓子《かし》を全員で分けるのを、手伝ってくれた子だった。ふたりで教室のつめたい壁《かべ》にもたれてすわると、ディアヌがしずかにわたしの手を取った。その瞬間《しゅんかん》、わたしたちはまるで何年も前からずっと友だちだったような、とても近しい気もちになった。

ディアヌが家族のことをたずねてきた。わたしはパパとママのことを話した。どんなふうにして、パパが真夜中、いきなり連れ去られたのか。どんなふうにして、ママと別れたのか。話しながら、熱い涙《なみだ》があとからあとからこぼれてきて、どうしても止めることができなかった。パパとママにたまらなく会いたかった。胸が痛いくらい、ふたりが恋《こい》しかった。でも、どこにいるのかも、どうしているのかもわからない。パパとママの身に何があったのか、知る方法さえないのだ。

つぎにディアヌは、自分のことを話した。ディアヌは三歳《さい》の女の子を連れていた。その子とはここに来る前、修道院に身をかくしていたときに知り合った。

当時ディアヌは、毎週金曜日、この子の家族のところに遊びに行っていた。ところがある日、女の子の両親は逮捕《たいほ》され、強制収容所へ連れていかれてしまった。いつものようにディアヌが金曜日に遊びに行くと、家はもぬけのからで、テーブルの上になぐり書きのメモが残されていた。

「ラシェルを食器棚《だな》にかくした。彼女《かのじょ》を連れてスイスに逃《に》げてくれ。お金とパンはいつもの場所にある」

そしてメモの裏には、越境請負人《えっきょうこうけおいにん》の住所が書かれていた。

ディアヌは食器棚《だな》を開け、幼いラシェルを助けだした。それからふたりは、お金とパンを持って、自転車で逃《に》げた。ディアヌはバイオリンを肌身《はだみ》離《はな》さず持っていた。お金はあったから、夜はホテルに泊《と》まり、朝になると、また自転車でメモにあった住所を目指した。

そうして何日もかかって、やっとスイス行きのトラックのところまでたどりついた。乗せる場所がなかったので、自転車は泣く泣くその場においてきたけれど、バイオリンだけは手放さなかった。

話しおわると、ディアヌは立ち上がり、バイオリンを手にとって、しずかにベートーベンの曲を弾《ひ》きはじめた。その瞬間《しゅんかん》のことは死ぬまでわすれないだろう。音楽はあまりに美しく、心をゆさぶった。何人かの大きな子たちが目を覚ました。わたしたちはディアヌのまわりに集まり、体をよせあい、耳をかたむけた。小さい子たちはぐっすりと眠《ねむ》っていた。眠っている間は、空腹も恐怖《きょうふ》もわすれられる。バイオリンの音色が部屋に満ちわたり、胸にしみこんでいく。

だれからともなく、わたしたちはゆっくりと立ち上がった。だれかがわたしに体をすりよせ、肩《かた》に頭をのせてきた。それはヴィクトールだった。

「ママに会いたい……会いたいよう……」

ヴィクトールはわたしの腰《こし》に腕《うで》をまわして強く抱《だ》きしめた。それはなんて心地《ここち》よく、心をなぐさめてくれたことか。ああ、だれかに抱きしめられるなんて、いったいどれくらいぶりだろう。わたしもヴィクトールを抱きしめた。

そして気がつくと、わたしたちは全員、ひとつの塊《かたまり》のように体をよせあい、抱《だ》きあっていた。捨てられた子犬が身をよせあうように。のどから手が出るほど、ぬくもりが欲《ほ》しかった。人間のぬくもりが。わたしたちは泣きくずれた。小さい子たちを起こさないように、声を殺して、ただ泣きつづけた。その真ん中で、ディアヌはしずかにバイオリンを奏《かな》でていた。

つぎの日、わたしはノートを取り出した。おなかがすきすぎて、ふらふらだった。わたしはひとこと、「おなかがすいた！」と書いた。そしてページがまっ黒になるまで、ただひたすら「おなかがすいた！　おなかがすいた！」とくりかえし書きつづけた。

ヴィクトールがそれに気づき、近よってきて、肩《かた》ごしにのぞきこんだ。そしてわたしが書きおわるのを待って、そのページをやぶいた。

「ちょっと、何するの！」

「まあ、見てろって……」

ヴィクトールはその紙を、窓に立てかけて、通る人が外から読めるようにした。

「外にいる人たちに、ぼくらがどういう目にあっているか、伝えるんだ」

そのノートを見たのは、幸いにして憲兵ではなく、学校の用務員のおばさんだった。用務員さんはかわいそうに思ったのだろう、三十分もしないうちに、片手に大きな田舎《いなか》パン、もう一方の手に牛乳の入った水差しを持って、教室に入ってきたのだ。

食べものを見た瞬間《しゅんかん》、だれもが思わずとびかかりそうになった。でも、わたしはそれを手で制した。

「パンはみんなで分けるんだよ！」

声がうわずってしまうのをおさえながら、わたしはできるだけ落ちついて言った。用務員さんのまわりにむらがっていた子どもたちは、ぴたりと動きを止めた。わたしは丸い田舎《いなか》パンをちぎり、まずは小さい子にやり、残りを大きな子に分けた。

用務員さんはおどろき、感心しながらそれをながめた。

「安心してお食べ。もっと持ってきてあげるからね」

用務員さんはいったん教室を出て、さっきと同じくらい大きなパンと牛乳の入った水差しを持ってもどってきた。それから窓を大きく開け放ち、空気を入れかえた。わたしたちは気づきもしなかったけれど、教室は空気がよどみ、悪臭《あくしゅう》がただよい、息もできないほどだったのだ。とたんに憲兵が外からどなった。

「こら、何をしている！　すぐに閉めろ！」

「あんた、いったいだれの番をしているつもりなのさ。この教室に凶悪犯《きょうあくはん》でもいるっていうのかい？」

用務員さんはどなりかえした。

「われわれは義務を果たしているだけだ」

憲兵の言葉を聞くと、用務員さんはカンカンになった。そして、教室を出て、憲兵のところへ歩いていった。開いた窓から、ふたりの声が聞こえてきた。

「昨日、ヴィエルゾンへ行ってきたけどさ、あそこにもちょうどあんたたちみたいな憲兵がいたよ。駅でドイツ兵が、ユダヤ人の男も女も子どもも年寄りも、全部まとめて列車の家畜《かちく》用車両《よう》に押《お》しこんでた。口汚《くちぎたな》くののしり、銃《じゅう》でおどして、つきとばし、まるきり牛や豚《ぶた》をあつかうようにして。あんたがたが義務と呼ぶのは、そういったことかい？」

わたしはぼうぜんとした。あとの会話はもう耳に入らなかった。頭のなかで、「これから、もっともっとひどいことが起きるんだ」という小さな声が鳴りひびいた。

その晩、また憲兵がやってきて、「おまえたちがユダヤ人だってことは、わかっているんだぞ」と、しつこくくりかえした。そして、自分の名前と親の隠《かく》れ場所を言わないかぎり、永遠にここから出られないとおどした。それでも、だれひとり口を開く子どもはいなかった。

ふいに、モーリスという十一歳《さい》の男の子が立ちあがり、いどむようにさけんだ。

「そうだよ、ぼくらはユダヤ人だ！　でも親がどこにいるかなんて、だれも知らないよ！　どうしてだかわかる？　みんなあなたたちみたいな、ドイツのごきげんとりのせいじゃないか！　そうさ、あなたたちは裏切り者の人殺しだ！」

それを合図のようにして、わたしたちはいっせいにさけんだ。

「うらぎり者！　人殺し！　子ども殺し！」

いちばん小さな子までが、声を合わせた。

「うらぎり者！　人殺し！」

声が部屋にうずまくなか、モーリスは開けっぱなしになっていた扉《とびら》を力いっぱい閉め、すばやく鍵《かぎ》をまわして、ポケットにしまった。

「ほら、ぼくらのほうが強いぞ！　あなたたちも閉じこめちゃった！　ぜったい出してやらないぞ！　子ども殺し！　武器を取りあげて、今度はぼくらがあなたたちを殺してやる！　ひどいことをするから、バチがあたったんだよ！」

憲兵のひとりが拳銃《けんじゅう》をかまえ、近づいてきた。

「いいかげんにしろ！」

「そんなの、こわくないぞ！」

ヴィクトールがさけんだ。

憲兵は教室を見まわしてから、拳銃《けんじゅう》をおろした。いい大人が、おなかをぺこぺこにすかせた子どもたちに拳銃をむけるのがどれだけ恥《は》ずかしいことか、気づいたのだろう。

「わかった」憲兵は、さっきよりずっとおだやかな声で言った。「取り調べはこれで終わりにする。食べものを持ってこさせ、まもなくきみたちを釈放《しゃくほう》しよう」

憲兵は手のひらをさしだし、モーリスに近づいた。

「さあ、鍵《かぎ》を返してくれ」

モーリスはだまって憲兵の手に鍵《かぎ》をのせた。憲兵は扉《とびら》の鍵を開け、あたふたと外に出た。ほかのふたりの憲兵もそれにつづいた。

扉《とびら》が閉まった瞬間《しゅんかん》、わたしたちは歓声《かんせい》を上げた。一瞬、飢《う》えも恐怖《きょうふ》も悲しみもすべてわすれた。わたしたちは勝ったんだ！　勇気が胸にあふれてきた。ヴィクトールとディアヌが、モーリスをかつぎあげた。モーリスはヒーローだった。ほかの子たちも手をたたいて喜んでいる。

「憲兵のやつら、ぼくらをこわがってたぞ！」

ヴィクトールがほこらしげにさけんだ。

「子どもが大人に勝ったんだよ」と、エリカ。

「明日もやってやろう！」

モーリスがさけび、わたしもうなずいた。

「うん、ユダヤの子どものすごいところを見せてやらなきゃ！」

わたしたちは自分たちの力で何かを変えたことを感じていた。受け身で、おびえているばかりじゃない。わたしたちは立ち上がったんだ！

つぎの朝、赤十字の看護婦さんがふたり、教室にやってきた。まるで檻《おり》に入った野獣《やじゅう》でも観察するかのように、わたしたちを調べ、ひそひそ声で話しながら、紙に何か書きこんでいた。

仕事が終わったふたりが、そそくさと部屋を出ていくと、わたしは扉《とびら》に耳を押《お》しつけた。

「あの子たちに、最後の食事をあげましょうか」

「そうね。そうすれば気分がよくなって、おとなしくするわね」

わたしの心はふくらんだのと同じくらい一気に、ぺちゃんこになってしまった。せっかく勇気が出たのに、またどん底につきおとされた。最後の食事……それってどういう意味？　ふたりの看護婦さんは何について話していたの？　最後の食事ってことは、わたしたちを殺すつもり？　だから憲兵は昨日、あんなにものわかりがよかったの？

わたしは窓という窓、壁《かべ》という壁を調べ、どこかに割れ目やすき間がないかさがした。早くここから逃《に》げなくちゃ。でも、どうやって？　どうしたらいいの？　扉《とびら》には鍵《かぎ》がかかり、銃《じゅう》を持った憲兵たちが見張っているというのに……。

10

でも、それをゆっくり考える時間さえなかった。三十分もしないうちに、扉《とびら》が開き、憲兵が入ってきた。そして教室をかたづけ、あとについてくるようにと命令した。どこに連れていくつもりかとたずねると、憲兵は「食事をしに行くんだ」と、表情を変えずに答えた。

小さな子たちは歓声《かんせい》を上げ、おどりあがった。ひさしぶりに聞く、とびきりの知らせだった。わたしもいっしょに喜べたら、どんなによかっただろう。けれども耳の奥《おく》では「最後の食事」という言葉がひびいている。わたしは逃《に》げるチャンスをさがして、あちこち目を走らせた。でもどの窓の外にも、憲兵がうろついている。

またしてもわたしは、自分たちが重い罪を犯《おか》した、ひどい犯罪者になったような気がした。強制労働に連れていかれる囚人《しゅうじん》の本を、いつか読んだことがあるけれど、今のわたしたちはそれといっしょ。ちがいはムチで打たれていないってことだけ。

何人もの憲兵に見張られて、わたしたちは教室を出た。そして歩いて三十分くらいのところにある、大きな丸太小屋へ連れていかれた。

丸太小屋のそばには、カーキ色の幌《ほろ》をかけた、軍のトラックが停《と》まっていた。南フランスのナンバープレートをつけている。そういえば南フランスには、子どもの強制収容所があると、前に聞いたことがある。このトラックは、わたしたちをそこに連れていくためのものだろうか。赤十字の看護婦さんが言っていたのは、そういうことだろうか。食事が終わったら、収容所に連れていかれてしまうのだろうか。

憲兵はわたしたちを丸太小屋のなかに入れ、長テーブルのまわりにすわるように命じた。うっとりするような食べものの匂《にお》いが鼻をつき、数分の間、すべての不安があとかたもなく消えさった。みんな言葉をわすれ、席についた。それぞれのお皿にインゲンと肉がくばられた。全員が皿にとびつき、夢中で食べものをかきこんだ。この喜びがわかるのは、飢《う》えに苦しんだことのある人間だけだろう。

食べながら、わたしは周囲に目を走らせ、様子をうかがった。丸太小屋に着いたときには、赤十字の看護婦さんがいたけれど、今は姿を消している。

首をひねって、さっきまで憲兵が立っていた場所を見ると、憲兵の姿もない。

いったいこれは、どうしたというのだろう？

わたしはとなりにいたヴィクトールの手を取り、ふるえる声でささやいた。

「ねえ、気づいてる？」

「えっ、何を？」

ヴィクトールは口いっぱいにインゲンをほおばったまま、こちらをむいた。

「見張りがだれもいないの！」

ヴィクトールは食べるのをやめ、部屋を見まわした。丸太小屋にいるのは、本当にわたしたちだけだった。

わたしは立ち上がり、テーブルを離《はな》れた。そして、壁《かべ》のどこかに逃《に》げられるような割れ目やすき間がないか調べた。もう食べもののことは頭になかった。小さなネズミのように、抜《ぬ》け道《みち》をさがしてまわった。でも部屋に窓はなく、出入り口は扉《とびら》だけ。もちろんそこには、がっちりと鍵《かぎ》がかかっている。

そこでわたしはトイレのドアを開けた。とたんに風が吹《ふ》きぬけ、ほほをくすぐっていいった。路地に面した窓が開いていたのだ！　しかも路地にひと気はない。心臓が早鐘《はやがね》のように打った。

わたしは仲間のところにかけもどって、ささやいた。

「トイレの窓が開いてる！　逃《に》げられるよ！」

まるで目に見えない力にみちびかれるようにして、子どもたちはインゲンを皿に残したまま、いっせいにテーブルを離《はな》れた。ヴィクトールとわたしは、ひとりずつトイレの窓に押《お》しあげた。みんなを外に出すのは、思ったよりもずっとかんたんだった。子どもたちは長い試練の間に、すっかり体がきたえられていたのだ。ひどくせまい窓を、サルのように身軽に、ネコのようにしなやかにすりぬけていった。いちばん年下の子や、いちばん不器用な子でさえも。

外で人数を数えると、十七人しかいなかった。ほかの子たちは、憲兵が解放してくれることを信じて残るか、べつの方法で逃《に》げることを選んだのだ。ディアヌも残るほうを選んだひとりだった。

わたしは子どもたちを二列にした。

「歌いながら歩こう。遠足に行くふりをすれば、疑われないですむから」

「もしだれかに、どこから来たのって聞かれたら？」

ジョルジェットが心配そうにたずねた。

「近くにある子どもの家から来ましたって言うんだよ」

考えるより先に、わたしは答えていた。

先頭にわたし、いちばん後ろにヴィクトールが立って、わたしたちは歩きはじめた。ここがどこかわからないのだから、どこにむかっているのかも、もちろんまったくわからない。それでもわたしは、できるかぎり落ちついて考えようとした。それに全員の命がかかっているのだ。

むかうべき場所は、やっぱり駅しか考えられなかった。憲兵が追手をよこす前に、なんとしてもこの町を離《はな》れなくては。

みんなといっしょに歌いながら、わたしの胸には不安がうずまいていた。

ひとりの男の人が、自転車で通りかかったので、わたしは手をふって呼びとめた。男の人は自転車をおり、歌う子どもたちをじっと見たけれど、とくに疑う様子はなかった。

「駅はどこですか？　そこで子どもの家の先生と待ち合わせをしているんです」

わたしがたずねると、男の人はやぶれたサドルに手をのせた。

「駅？　小さいほうかね？　それとも大きいほう？」

わたしは身をかたくした。大きいか小さいか？　駅がふたつもあるの？　そんなことは思いもしなかった。どう答えたらいい？　一瞬《いっしゅん》の間に、頭にいくつもの疑問がひしめいたけれど、わたしはすぐにきっぱりと答えた。

「ええと……小さいほうです」

大きい駅にはドイツ兵がいる可能性が高い。だったら小さい駅のほうが、列車にしのびこみやすいだろうと考えたのだ。

男の人は後ろの木立を指さした。

「あの木のむこうだよ」

「ありがとうございます！」

わたしたちは足を速めた。ヴィクトールが列の先頭まで小走りでやってきて、わたしの横にならんだ。

「切符《きっぷ》を買うのにお金が必要だったら、あるからね」

「お金がある？　どういうこと？」

「かばんに入ってるんだ」

「ヴィクトールのかばんに?」

わたしがびっくりしていると、ヴィクトールがうなずいた。

「うん、たくさん入ってる。パパはぼくを送りだすとき、自分のお金を全部ぼくに持たせたんだ。パパ、すごくお金持ちなんだよ」

一文無しじゃないことがわかって、ほっとしたけれど、わたしは駅で切符《きっぷ》は買わないことにした。こんな大人数で切符を買ったら、窓口の人があやしんで、上司に連絡《れんらく》してしまうかもしれない。

駅には人っ子ひとりいなかった。線路に、空の客車が一両、停《と》まっているだけ。わたしは仲間たちに客車にしのびこむように伝えた。またしても考える前に、口がひとりでに動いていた。つぎの汽車が駅に入ってきて、それに乗るまでの間、座席の下にかくれて、待っているつもりだった。

ところがまもなく、機関車が汽笛を鳴らして、ホームに入ってきた。そしてわたしたちの乗った車両をつないで、出発してしまったのだ。それから約一時間、機関車は走りつづけた。どこにむかっているのかは、神様にしかわからなかった。

やがて、機関車は小さな駅で停《と》まった。

「ひと休みして、めしにしようぜ」

機関車から、男の人の声が聞こえた。わたしは座席の下から這《は》いだして、外をのぞいた。機関車は赤いランプをつけて、停《と》まっていた。

「立って!」

わたしは子どもたちに命令した。エリカが心配そうに、「どうかしたの?」とたずねた。

「運転士たちが機関車を離《はな》れたから、このすきに外に出るの」

「どうして?」と、ジョルジェット。

「このまま乗っていたら、どこに連れていかれちゃうか、わからないでしょ!」

外に人の気配はなかった。ただまっすぐに線路がつづき、雑草が生えているだけ。わたしたちは客車からとびおり、駅を出た。まもなくせまい谷底についてしまったけれど、足を止めるわけにはいかなかった。ただひたすら前に進みつづけるしかない。

ひとりの子が心細さに耐《た》えかねて、泣きだした。こわくてたまらず、不安に押《お》しつぶされそうになったのだ。それはそのまま、わたしたち全員の気もちでもあった。わたしはその子の肩《かた》を抱《だ》き、なぐさめた。

「だいじょうぶ! これくらいのことで死にやしないよ」

できるだけ元気よく、明るく言いながらも、けっして足は止めなかった。

せまい谷をぬけると、森に入った。森なら人目につかないですむ。わたしたちはやっとひと休みすることにした。地面にすわって、ほっと息をつき、わたしはこれからどうしたらいいか、考えた。

まわりにはリンゴの木があり、少し離《はな》れた場所には野菜畑が見える。リンゴはまだ青かった。子どもたちがかけよって、リンゴをとろうとしたので、わたしは強い声で止めた。ショーモン城のクライン先生のおかげで、熟《う》れていない果物を食べると、おなかが痛くなることを知っていたのだ。でも、言うことを聞いて、リンゴをすてたのは数人だけで、残りの子は空腹に負けて、こっそり食べてしまった。畑に行けば、すぐにニンジンやサトウダイコンなど、ずっと安全なものを食べられると伝えたのに。

畑にある生の野菜で食事をすませたあと、ヴィクトールは、追手が来るかもしれないから、今夜は森のなかで眠《ねむ》ろうと言った。わたしはうなずいた。ヴィクトールにもわたしにも、自分たちがどこにいるのか、まったく見当がついていなかった。

「明日の朝になったら、だれかに近くの村まで行って、様子を見てきてもらおうよ」

わたしが言うと、ヴィクトールはほほえんだ。

「行くのはきみだよ」

「どうして？」

「だって、きみのことを知れば知るほど、守護天使なんじゃないかって気がするんだもの」ヴィクトールはまじめな顔で言った。「きみは神様に守られているから、ぜったいにだいじょうぶなんだって」

それからヴィクトールは、少し恥《は》ずかしくなったのか、怒《おこ》ったようにぷいっと目をふせた。

11

守護天使なんて言われたのもつかの間、夜になるかならないかのうちに、たいへんなことが起こった。最初に吐《は》いて、猛烈《もうれつ》に具合が悪くなったのは、ヴィクトールだった。つづいて、青いリンゴを食べた子たちが、つぎつぎに倒《たお》れた。

おなかを押《お》さえてちぢこまり、顔をゆがめてけいれんを起こす子たちもいれば、激しい下痢《げり》で、何度もやぶの後ろにかけこむ子たちもいた。わたしはひどくうろたえ、その子たちを見てまわった。どの子も紙のように白い顔をして、どんどん弱っていく。苦痛と恐怖《きょうふ》で、ぐったりと横になったまま動かない。それを見ていたら、とつぜん、どうしようもなくこわくなった。

わたしは血がにじむほど強く、くちびるをかんだ。

「もしだれかが死んじゃったら、どうしよう？　ここに埋《う》めるの？　その子の親に会ったとき、どう説明すればいいの？　子どもを殺したって責められるかもしれない。わたしのせいだって思われるかもしれない。だれにも責められなかったとしても、わたしは自分がゆるせない。リーダーのくせに、みんなを守りきれなかったなんて」

わたしは手で顔をおおって、わっと泣きだしてしまった。はじめてリーダーになったことを後悔《こうかい》した。こんなことなら、ひとりでいたほうがずっとよかった。わたしはまだ十三歳《さい》なのに。大人のような重い責任や心配事を抱《かか》えないで、子どものままでいられたらよかったのに。

わたしはヴィクトールのそばに行き、顔をのぞきこんだ。せめてヴィクトールが元気でいてくれたら、助けてもらえたのに……。ヴィクトールは目を開け、苦しそうにこちらを見た。目を開けられるということは、少なくともヴィクトールは死んでない。まだ生きているんだ……。

「ファニー……」

「なあに？」

「きっと、天使が、守ってくれるよね……」

ヴィクトールは切れぎれにつぶやいた。わたしは泣かないように、大きく息を吸いこみ、何度も咳《せき》ばらいをしなくてはならなかった。

わたしは自分に言いきかせた。とにかくやるしかない。それ以外ない。がんばりつづけて、なんとしても解決方法を見つけるの。みんなをこのまま、森で死なせるわけにはいかないんだから。

わたしはヴィクトールとつないでいた手を離《はな》した。こんな大きな問題を、子どもひとりで解決するのは、どうやっても無理だ。だれか大人を呼んで、助けてもらわなくちゃ。

でも、こんな真っ暗ななか、どうやって助けを見つけられる？　ここがどこかもわからないのに！　わたしは心底おびえ、ぐるぐると考えた。日がのぼって、明るくなるのを待ったほうがいい。でも、朝になったからといって、村が見つかるだろうか？　見つかったとしても、村人は助けてくれるだろうか？

悪夢のような夜だった。わたしは一睡《いっすい》もせず、具合の悪い子たちの間を歩いてまわり、声をかけ、必死で元気づけようとした。

夜が明けるころ、幸いなことに、みんなの状態はほんの少しだけよくなった。わたしはショーモン城でクライン先生に習ったことを思い出した。カモミールは薬草として、いろんな効果があるけれど、何より腹痛にきくんだった！　カモミールをとってこよう！

ジョルジェット、エリカ、それにほかのふたりの子といっしょに、野原や森を長いことさがしまわり、やっとカモミールの花を見つけた。いそいでもどって、それを具合の悪い子たちにくばった。食べたがらない子にも、無理やり口にいれた。教室で鍵《かぎ》をとって、ヒーローになったモーリスも、食べさせるのを手伝ってくれた。

わたしは、カモミールが奇跡《きせき》を起こしてくれることをねがった。ところが、あんまりひどい味なので、食べた子はまもなくみんな、吐《は》いてしまった……。

「助けを呼んでくる！」

わたしはヴィクトールに言った。

「もう少し待ってくれれば、ぼくもいっしょに行けると思う。だいぶ気分がよくなってきたから――」

でも、黒い雲が空に立ちこめはじめていた。もし嵐《あらし》がきたら、状況《じょうきょう》はさらに悪くなってしまう。

「だめ、今すぐ行かないと」

するとヴィクトールは、体じゅうに力をこめて、立ち上がった。

「よし、じゃあ、いっしょに行くよ」

野菜畑があるから、村はそう遠くないところにあるはず。でも、どんな人が住んでいるのだろう。ドイツの協力者か、それともレジスタンス側か。

しばらく歩くと、最初の家が見えてきた。恐《おそ》ろしさと心強さを同時に感じながら、わたしたちは先をいそいだ。

いきなりヴィクトールがわたしの腕《うで》をぎゅっとつかんだ。

「あ、あれは何……?」

「どうしたの?」

「ほら、あの木の枝にあるもの。……あれ……首つりにされた人間だよ!」

わたしは目を上げた。大きな袋《ふくろ》のようなものが、枝からぶらんとぶらさがっている。思わずヴィクトールにしがみついた。

わたしたちはこわごわ前に進んだ。首つりの死体は二体あった。

「あれ、フランス人かな……?」

まるで死体に聞かれてしまうのを恐《おそ》れるかのように、わたしは声をひそめた。

「わからない……」

「もしかしたらレジスタンスに殺されたドイツ人かも……」

気もちを奮《ふる》いたたせるために言うと、ヴィクトールは蚊《か》の鳴くような声で答えた。

「そうかもしれない……」

わたしは木に近づいた。ヴィクトールはついてくることができなかった。村の人たちがレジスタンス側かどうかを知るためには、死体がだれかを見ておかなければならない。わたしは息を深く吸いこんでから、覚悟《かくご》を決めて、木につるされた死体を見た。

目をおおいたくなるほど、恐《おそ》ろしい光景だった。片方の男は目が取れてしまっていた。軍服《ぐんぷく》ではなく、ふつうの服を着ていたけれど、頭にドイツ軍のヘルメットをかぶっていた。もうひとつの死体は全身をすっぽりと袋《ふくろ》に入れられていたので、フランス人かドイツ人かわからない。

「気もち悪い……。無理だ。これ以上、行けないよ……」

ヴィクトールは頭を抱《かか》えて、すわりこんだ。

「だめ、行かなきゃ！　具合の悪い子たちが待っているんだよ！　さあ！　最初に見えた家の扉《とびら》をたたいてみよう。いちかばちかだよ」

ヴィクトールは、よろよろとあとをついてきた。本当のことを言うと、わたしもヴィクトールと同じくらい、気分が悪くなっていた。

わたしたちは、最初にたどり着いた家の扉《とびら》をたたいた。扉が開き、女の人が出てきた。わたしたちを見て顔をしかめ、つっけんどんに言った。

「物乞《ものご》いはおことわりだよ！」

「わたしたち、物乞《ものご》いじゃありません。ユダヤ人です。ドイツ人から逃《に》げてきたんです。この村にドイツ人はいますか？」

わたしはいったい、どうしてしまったんだろう。ユダヤ人だってことは、何があってもぜったいにかくさなくてはいけないのに、言葉がさらさらと口をついて出てしまった。この女の人を信用しなさいと、何かに背中を押《お》されたかのようだった。村の入り口で首つり死体を見たことが、さらにわたしにその勇気をあたえていた。

女の人はだまって、わたしたちをじっと見つめた。

「さっき、首つり死体を見たんです。あれはドイツ人でしょう？」

女の人は質問には答えず、口をねじまげるようにしてわらった。そしてひと言、「お入り」と言った。

「ほかにも仲間がいるんです」

扉《とびら》の横でわたしが言うと、女の人は眉《まゆ》をひそめた。

「何人？」

「十七人です」

「なんだって⁉　十七人？　うちは孤児院《こじいん》じゃないんだよ！」

わたしは全身から一気に力がぬけてしまった。そして扉《とびら》にもたれかかり、できるだけしずかに、きっぱりと言った。

「あとはあなた次第《しだい》です。助けてくれるか、このまま見殺しにするか。ふたつにひとつです」

女の人は長いため息をついた。わたしは女の人から目を離《はな》さなかった。ヴィクトールはわたしの手を不安そうに、にぎりしめている。

ついに女の人は言った。

「わかったよ。そんなとこにつっ立ってないで、お入り」

家のなかで、わたしたちはこれまでのことを話した。女の人はエプロンをはずし、わたしたちにスープを出すようにと、娘《むすめ》に言った。

ところがせっかくのスープを、わたしはひと口も食べられなかった。ヴィクトールも同じだった。首つり死体を見てしまったせいで、たまらなくおなかがすいていたのに、まったく食欲がわかないのだ。

わたしは女の人の娘《むすめ》に、たずねないではいられなかった。

「あの死体はだれ?」

「ひとりはドイツ人。もうひとりはドイツに協力していたフランス人。レジスタンスが殺したの。レジスタンスはあのふたりだけじゃなくて、ほかにもたくさん殺したんだよ」

まもなく、表で声がした。女の人が村人に、子どもたちを連れてくるようにたのんでくれたのだ。おかげで嵐《あらし》が来る前に、全員、森から出ることができた。

女の人が納屋《なや》に寝床《ねどこ》をつくってくれ、わたしたちは農場の犬や猫《ねこ》といっしょに、体をよせあって眠《ねむ》った。動物たちの体はとても温かかった。

その晩、わたしは赤《あか》ん坊《ぼう》のようにぐっすり眠《ねむ》った。本当にひさしぶりに、心から安心して。大人に守ってもらえるのは、なんて心地《ここち》いいんだろう。もう責任を背負ったり、どうするか決断したりしなくていいんだ。わたしは、やっと子どもにもどれた気がした。

12

次の日、女の人は、わたしたちのうちの何人かを、ほかの村人の家へやった。ひとりで十七人の子どもをかくまうのは、とてもできない相談だった。わたしは女の人に、自分が妹たちのほかに、ふたりの男の子を、親からたのまれてあずかっていることを伝えた。短い話し合いのあと、女の人は、わたし、エリカ、ジョルジェット、ヴィクトール、それからふたりの男の子を、いっしょに家にかくまうことを承知してくれた。

今、自分たちがいったいどこの村にいるのか、相変わらずわからなかったけれど、ここが安全な場所であることはわかっていた。村人たちは親切で、わたしたちをドイツ兵にひき渡《わた》さないでいてくれる。村人がレジスタンスの味方なら、わたしたちの味方でもあるはずだった。

二日後、わたしは女の人に、スイスに脱出《だっしゅつ》しようと思っていることを打ち明けた。すると女の人は吹《ふ》きだして、声を立ててわらった。

「わたし、真剣《しんけん》なんです。ヴィクトールもわたしもここで働きます。わたしたち、もう大きいから、乳しぼりだって、犂《すき》をひくことだって、干し草集めだってできます。たのまれれば何でもやります。そうやってお金をためて、また越境請負人《えっきょううけおいにん》をやといます」

わたしは少しむっとしながら、いっしょうけんめい言ったけれど、女の人はやっぱりわらっている。

「そんなお金、本気でかせげると思ってるの？」

「もちろん！　いっしょうけんめい働くから、見ててください。家事だってできます」

女の人はテーブルのそばに来て、すわった。

「ファニー、心配しないで。働かなくていいんだよ。前回、あなたたちをスイスに連れていくはずだったトラックの運転手はね、うちの親戚《しんせき》なの。釈放《しゃくほう》されてもどってきたから、わたしがあなたたちをかくまっていることを話したの。だから彼《かれ》がこの前の約束どおり、みんなをスイスの国境まで連れていく。もう一度お金を払《はら》う必要はないんだよ」

わたしはとびあがり、目を見開いた。

「本当に⁉　じゃあ、その人のところまで、連れていってもらえるんですか？」

女の人はうなずいた。

「明日の朝、ここを発《た》つんだよ」

わたしはほっとして、思わずわらいだしてしまった。じつは最初、越境請負人《えっきょううけおいにん》をやとうために、ヴィクトールにかばんのお金を出してくれるようにたのもうかと思ったのだ。でもよく考えて、やっぱりやめた。いくら自分から言いだしてくれたこととはいえ、ヴィクトールのお金を、みんなのために使ってしまうのはよくないと思ったのだ。でも、それが正しかったとしても、働いてそんな金額をかせぐのはとても無理なことも、よくわかっていた。

思ってもみないかたちで、すべてがうまくいった！　この間のトラックの運転手が釈放《しゃくほう》され、わたしたちをスイスの国境まで連れていってくれる。もしかして本当に天使が守ってくれているのかな。こんなにうまくいくなんて。どうか夢ではありませんように……。

村で過ごす最後の夜は、とても楽しかった。わたしたちの命の恩人の女の人は、出発を祝ってパーティを開き、焼いたトウモロコシとジャムつきのパンという、ごちそうまでつくってくれた。わたしたちは大喜びで食べ、歌をうたった。運転手の男の人もやってきた。

男の人はわたしのとなりにすわり、何度も、これだけの子どもたちを救ったなんてたいしたものだとほめてくれた。

「救ったわけじゃないんです。ただみんながわたしについてきただけ。それに、すごく運がよかったんです」

すると男の人はにっこりして言った。

「ついてきたのは、きみならだいじょうぶと感じたからさ。だからほかの人じゃなくて、きみを選んだんだ」

「わたしたちが逃《に》げたあと、丸太小屋に残った子たちがどうなったか、知っていますか？」

ディアヌのことを思いながら、わたしはたずねた。

「何人かは、どうにかしてオレのところまで来たよ。でもそれ以外の子たちのことは、わからないねえ……」

食事が終わった。納屋《なや》にもどって眠《ねむ》るとき、ヴィクトールはわたしのとなりに来た。ヴィクトールは十四歳《さい》、わたしは十三歳だったから、男の子と女の子が特別な関係になるのがどういうことか知っていた。でもわたしたちはただ兄妹《きょうだい》のように、手をつないで横になった。

ヴィクトールは自分のことを話した。ヴィクトールのパパとママは、とてもお金持ちだった。危険がせまると、両親はヴィクトールを修道院にかくした。修道院の人たちは、将来司祭にしたいと思うくらい、ヴィクトールのことを気に入った。ユダヤ人であるヴィクトールには、それはありえないことだったけれど、身の安全のために、自分もそうしたいと思っているふりをした。

やがてドイツ軍がやってきて、修道院にユダヤ人の子どもが数人、かくまわれているのを発見した。ヴィクトールは、とてもおどろいた。それまでずっと修道院にいるユダヤ人は、自分ひとりだと思っていたのだ。ナチスの兵士は修道士に暴力をふるって、白状させようとしたけれど、修道士は秘密を守りとおした。その事件のあと、修道士たちはユダヤ人の子どもを修道院から逃《に》がすことに決めた。ヴィクトールは最初、両親のもとにもどされ、それからキリスト教徒の一家のもとにかくまわれた。その一家が越境請負人《えっきょううけおいにん》に連絡《れんらく》をとってくれたのだった。

「別れて以来、パパとママには一度も会っていないし、ふたりがどうなったか、何も知らないんだ」

ヴィクトールは最後にかすれ声で言った。

それを聞いて、わたしはママを想《おも》った。わたしもママがどうなったか、何も知らない。でも、新たな希望が胸にわき起こった。もしも天使がわたしを守ってくれているのなら、ママのことだって守ってくれているかもしれない。もしかしたらママもスイスに逃《のが》れて、もうすぐ会えるかもしれない……。


つぎの朝、わたしたちは村人たちに別れを告げて、越境請負人《えっきょううけおいにん》といっしょに、この間トラックに乗った場所まで歩いていった。ぐるりとまわって、結局また元の場所にもどったのだ。

そこにはすでに何人かの子どもたちが来ていた。そのなかには、なんと、バイオリンを持ったディアヌと小さなラシェルの姿もあったのだ！

わたしはおどりあがって、ディアヌを力いっぱい抱《だ》きしめた。そしてたがいに、これまでのことを話した。ディアヌとラシェルは、汽車でここまで来た。客車にしのびこんだわたしたちとは反対に、きちんと切符《きっぷ》を買い、身をかくすことなく来られたという。

わたしたちはこの間と同じトラックに、もう一度乗りこんだ。今度は子どもだけ。全部で二十四人だった。

そのとき、逃亡《とうぼう》する子どもたちを見送る女の人の姿が、目にとびこんできた。サロン夫人だった！

「サロン夫人！　サロン夫人！」

わたしはふるえる声でさけんだ。

「ファニー！　まあ、なんてこと！　いったいどうやって……。ほかの子たちは？」

サロン夫人も、わたしと同じくらい感激していた。

「みんな、いっしょです！」

「ああ、夢みたいだわ！」

サロン夫人のほほを、熱い涙《なみだ》があとからあとから伝った。

今回いっしょに逃《に》げる子どもたちのなかに、十八歳《さい》の女の子がいたので、サロン夫人はその子がリーダーをつとめてはどうかと言った。わたしは大賛成だった。これで押《お》しつぶされそうな重圧から逃《のが》れられる。どんなに楽になるだろう。

ところが子どもたちは、すぐに声を上げた。

「ファニーがいい！」

「ファニーじゃなきゃ、いやだ！」

十八歳《さい》の女の子は、明らかにほっとしたようだった。おびえきっていて、ほかの子のめんどうを見る余裕《よゆう》などなかったのだ。実際、逃《に》げる間じゅう、わたしは彼女《かのじょ》をなぐさめ、支えることになった。

わたしたちを乗せたトラックが、しずかに停《と》まった。目的地に着いたのだ。全員がトラックからおりると、越境請負人《えっきょううけおいにん》の男はわたしの手をにぎり、これからのことを説明した。

「いいかい、ここから北に少し行くと、森がある。そこに見張り小屋があるから、そのすぐそばで身をかくし、見張りの兵士たちが交代のために小屋を出ていくのを待て。つぎの見張りが到着《とうちゃく》するまでに四十分ほどかかり、その間、付近にドイツ兵はひとりもいなくなる。そこをねらってとびだして、ひたすらまっすぐ前に走るんだ。五キロほど先に、高さ二メートルくらいの鉄条網《てつじょうもう》の柵《さく》があり、そこに一か所、人が通れるくらいの穴がある。その先は非武装の緩衝《かんしょう》地帯。それを越《こ》えればスイスだ。スイス側に入ったら、スイスの国境警備兵《けいびへい》が来るのを待てばいい。これからどうしたらいいかは、スイス兵が教えてくれる。

すでにこうやって、たくさんの人がスイス側に渡《わた》った。しっかりおぼえたかい？　そうむずかしくないだろう？」

たしかにそんなにむずかしくない。あとは、あせらず落ちついてやるだけだ。

「鉄条網《てつじょうもう》の穴はどうしたら見つけられるの？」

「道沿いに行くと、小川に出る。穴はそのそばだ。すぐにわかるよ」

わたしはだまりこんだ。息が苦しい。

「自由への旅だ。行っておいで！」

男はわたしの肩《かた》をたたいた。

「どうもありがとう……」

声がのどにつまる。わたしは心から祈《いの》った。

「守護天使さん、おねがい。どうか助けて。今度こそ自由になれるように、わたしたちを守って。逃《に》げるのはこれが本当に最後になるように……」

13

森はすぐに見つかった。わたしたちは見張り小屋の近くのしげみに、腹ばいになって身をかくした。そして、兵士たちが交代のために出ていくのを、辛抱強《しんぼうづよ》く待った。すべて計画どおりだった。二十四人の子どもたちはだれひとり――いちばん小さな子さえも――物音を立てなかった。めまいのするような沈黙《ちんもく》のなか、ただじっと息を殺していた。

ふいに、わたしの右側から押《お》し殺《ころ》した泣き声がした。ジョルジェットだった。

「靴《くつ》が……」

わたしは気絶しそうになった。やっとここまで来たのに！　今、失敗するわけにはいかないのだ。

わたしはジョルジェットの口を、力いっぱい手でふさいだ。ジョルジェットはうめき声を上げた。その瞬間《しゅんかん》、兵士のひとりが大声で何か命令をしたので、ジョルジェットの声は運よくかき消された。

あんまり強く押《お》したので、ジョルジェットのくちびるが切れて、血がわたしの手についた。わたしはごめんねと言う代わりに、ジョルジェットの頭をなでてから、じりじりと後ろに這《は》って、靴《くつ》をひろい、ジョルジェットにはかせ、ひもをしっかりと結んだ。ジョルジェットはまだ泣いていたけれど、声は立てなかった。わたしは指を立て、今すぐ泣きやむように合図した。そんなわたしたちを、まわりの子たちはおびえた目で、まばたきもせず見つめていた。

見張りの兵士たちの足音は遠くなり、やがて完全に聞こえなくなった。列の先頭にいた男の子が合図をするのと同時に、わたしたちはかけだした。大きい子は小さい子の手をひいて走った。いちばん小さい子や体の弱い子は、大きい子たちが交代で抱《だ》きかかえた。越境請負人《えっきょううけおいにん》の話では、ただまっすぐ走っていけばいいはずだった。ところがしばらく行くと、道はふたつに分かれていた。どっちに行ったらいいのだろう。わたしは絶望的な気もちになった。ひとりの子がくじ引きで決めようと言った。もうひとりの子は、自分はここを知っている。右の道はイタリアにつづいているから、左に行くべきだと言った。少しの間迷ってから、わたしはその言葉を信じて、左の道に進むことにした。

わたしより年上の何人かの子は、右に行くほうを選んだ。どちらが正しいのかわからないまま、わたしたちは二手に分かれた。ほとんどの子はわたしのもとに残り、あとの数人は年上の子のあとを追った。

数分後、小川が見えた。わたしたちは右の道に行った子たちが、まちがいに気づいて、追いついてくるのを待った。

越境請負人《えっきょううけおいにん》の言葉どおり、小川のそばに鉄条網《てつじょうもう》の柵《さく》があり、穴はすぐに見つかった。わたしたちはそこを楽々とくぐりぬけた。

あとは緩衝《かんしょう》地帯を走りぬけるだけ。緩衝地帯は十メートルほどの草原で、身をかくせるような場所はなく、四方《しほう》から丸見えになってしまう。

わたしたちはそこを、無我夢中《むがむちゅう》で一気にかけぬけた。

息を切らし、わたしたちはスイス側の地面に体を投げだした。全員へとへとで、自分たちがスイス領に入ったことさえ、すぐには考えられなかった。わたしはふたりの妹をひきずるようにして、全力で走りつづけたので、腕《うで》が猛烈《もうれつ》に痛み、けいれんを起こしそうだった。体力はもう限界だった。

全員、燃《も》え尽《つ》きたようになって、地面に倒《たお》れたまま、スイス兵が来るのを待った。でもほっと息をつくひまもなく、後ろからか細い声が聞こえてきた。

「ママぁ……ママぁ……」

わたしは、がばっとふりかえった。緩衝《かんしょう》地帯の向こう側、鉄条網《てつじょうもう》の後ろのフランス領に、ラシェルがいた。いつもディアヌにくっついていた、小さな女の子だ。

わたしは、とっさに目でディアヌをさがした。どうしてディアヌはラシェルがいないことに気づかなかったの？　ディアヌは地面に倒《たお》れたまま、腕《うで》で頭を抱《かか》えていた。ディアヌは、ほかの子がラシェルを連れていると思ったの？　そうでないことがわからないほど、疲《つか》れていたの？　だれかがラシェルを抱《だ》いて運んでくれると思ったの？

でも、そんなことを考えているひまはなかった。見張り小屋にはとっくに交代の兵士が着いているはずだ。ラシェルはすぐに見つかってしまう。わたしは弾《はじ》かれたようにとび起きて、ふたたび緩衝《かんしょう》地帯を走りぬけた。そして鉄条網《てつじょうもう》をくぐり、フランス側にいるラシェルを抱《だ》きかかえると、すべての力をふりしぼって、緩衝地帯をかけもどった。そのとき、後ろからドイツ兵の声がした。

「止まれ！」

つづいて銃声《じゅうせい》がひびいた。すぐそばを銃弾《じゅうだん》がかすめていく。わたしは走りながら、血が出るほど強くくちびるをかんだ。

「撃《う》たれたって、けがをしたって、かまわない。なんとしてもこの子を助ける！」

わたしはラシェルを抱《だ》きしめ、自分の体を盾《たて》にした。そしてまばたきひとつせず、ただまっすぐ前だけを見て走りつづけた。

スイス側から声がした。

「やめろ！　さもないと、こちらも発砲《はっぽう》するぞ！」

そのあと、すべての音がやんだ。わたしは残りの数メートルを走りぬけ、ラシェルを抱《だ》きしめたまま、スイス側に倒《たお》れこんだ。

そのまま気を失ったのだろう。つぎに目を開けたとき、わたしは兵士の肩《かた》にかつがれていた。一瞬《いっしゅん》、自分がどこにいるのかわからず、ドイツ兵につかまったのだと思ってパニックになり、ありったけの力で暴れた。

「放して！」

わたしを落ちつかせるために、兵士はほかの子たちの顔を見せた。全員、けがひとつなく、無事だった。

もう何もこわいことはない。助かったんだ！　わたしは、そう心のなかで何度もくりかえした。夢のようで、とても信じることはできなかった。

あとになって妹たちが話してくれたことによると、スイス側にかけこんだとき、わたしはわあわあ泣きながら、同時に大声でわらっていて、妹たちは、気がくるってしまったのかと、ぞっとしたそうだ。それからばたりと倒《たお》れたので、妹たちはわたしがドイツ兵に撃《う》たれて、死んでしまったのだと思った。スイス兵はすぐに、わたしがけがをしていないこと、緊張《きんちょう》と疲《つか》れで気を失っただけであることを教えてくれたけれど、妹たちは本気で血が凍《こお》りついたそうだ。

それは一九四三年九月十日のことだった。

スイス兵はわたしたちを、ジュシーという小さな村に連れていった。そして身元を調べて、これから先のことを決めるために、さまざまな質問をした。フランス憲兵の取り調べであまりにひどい目にあっていたから、わたしは石のようにおしだまり、名前さえ言おうとしなかった。

「こわがらなくていいんだよ。名前を教えてくれなかったら、きみのパパやママを見つけてあげられないだろう？　いいかい、きみは今、スイスにいるんだ。ここは安全なんだよ」

取調官は言った。目の前がぼやけ、にじんでいく。少しして、わたしは自分が泣いているのに気がついた。

「うん、わかってる……。わたしは天国にいるの」

わたしの声はふるえていた。取調官は肩《かた》をすくめた。

「おいおい、さすがに天国は大げさだよ。でも、きみはたしかにスイスにいる。そしてぼくは神様じゃないから、きみの名前は見ぬけない。だから教えてくれないとね」

わたしはすわりなおし、すべて話した。自分がだれで、親はだれで、どこから来たのか。取調官は全部ていねいに書きとめ、それからわたしを仲間のところへ帰してくれた。

ある幼い女の子は、親の名前を知らなかった。危険な目にあうといけないと思って、親がわざと教えなかったのだろう。取調官たちはなんとか思い出させようと、あれこれ質問を変えて、女の子にたずねた。

「パパがママを呼ぶとき、なんて言ってたかな？」

「『ママ』って言ってた」

「ほかには？」

「『ダーリン』って言ってた」

「じゃあ、ママはパパのこと、なんて呼んでたかな？」

「パパとけんかしてないときは、『大好きなあなた』って呼んでたよ」

スイス人の将校がその様子にひどく心を打たれ、この子を引き取ることにした。避難民《ひなんみん》は全員、伝染病《でんせんびょう》にかかっていないかどうかをたしかめるために、四十日間隔離《かくり》された場所にいなければならなかったのだけれど、階級の高い将校だったので、そのまま女の子を家に連れて帰った。

女の子はおとなしく将校についていった。大人に守られて安心できることが、何より必要だったのだ。将校は女の子を抱《だ》きしめて、チョコやお菓子《かし》をたっぷりあげた。女の子はとても幸せそうにわらっていた。

取り調べがすむと、わたしたちはジュネーヴに送られた。学校を避難民《ひなんみん》宿舎に変えた場所だった。そこでスイスに残れるか、フランスに送り返されるかの通達を待つのだという。わたしは意味がわからなかった。スイスは自由な中立国でしょう？　それなのにフランスと同じように、わたしたちを追い出すかもしれないの？　だったらこれまで逃《に》げてきたのは、全部むだだったってこと？　わたしたちはついに安全な場所に来たんじゃなかったの？

赤十字の人たちが、わたしたちひとりひとりに、ていねいに聞き取りをして、スイスに友だちか近しい知り合いがいるかをたずねた。わたしはクリンガー夫妻のことを話した。クリンガー夫妻はプロテスタントで、わたしは何度も夏休みに夫妻の家に遊びに行っていた。

わたしは気が気でなかった。望みはただひとつ、この悪夢がついに終わること。でもまたしても、わたしたちは自分の運命を決められない。だれか別の人が決めるのを、ただ待つしかないのだ。

スイスでの最初の夜、わたしたちは男女に別れて、わらの上で眠《ねむ》った。寝《ね》る前にヴィクトールが来て、わたしをぎゅうっと抱《だ》きしめた。ヴィクトールはふるえていた。モーリスもさようならを言いにやってきた。ほんの少しの間、別れるだけなのに、不思議なことに、これがふたりとの永遠の別れのような気がした。

「まったく、すごい旅だったたね。やっと終わった。これからは、ひとりひとりでやっていくんだよ」

わたしが言うと、ヴィクトールがつぶやいた。

「きみのこと、ぜったいにわすれないよ」

「ぼくも」

モーリスもうなずく。

わたしは胸がしめつけられた。もしあと一分でもいっしょにいたら、声を上げて泣いてしまう。だからわたしはモーリスの肩《かた》に手をのせて、声をしぼりだして、おやすみを言った。そして一度もふりかえらずに、女性用の寝場所《ねばしょ》へ歩いていった。

14

その晩、妊娠《にんしん》九か月の女の人が、わたしのとなりで寝《ね》ていた。イディッシュ語［おもに東ヨーロッパに住んでいたユダヤ人の共通語］を話し、子どもが六人いるという。寝場所は男女に分けられていたから、女の人は夫と息子《むすこ》たちと離《はな》れ離《ばな》れになっていた。

真夜中、女の人に陣痛《じんつう》がはじまった。うめき声が聞こえたので、わたしは起きあがり、どうしたのかたずねた。女の人は焦点《しょうてん》の定まらない目でこちらを見て、陣痛の波と波のあいだに、赤ちゃんが生まれそうだと言った。

「おねがい、お医者さんを呼んできて」

そんな場合ではないのはわかっていたけれど、わたしは好奇心《こうきしん》をおさえきれなかった。この人、ここで赤ちゃんを産んだらいいのにな。そしたら一部始終を見られるのに。お医者さんを呼びに行っている間に、赤ちゃんが生まれてしまうといけないので、わたしはだれか代わりに行ってくれる人をさがした。ところが女の人は急に真っ青になり、はげしく出血した。すごい量だった。わたしはとびあがって、部屋をかけだし、最初に出くわした大人に、赤ちゃんが生まれそうだと伝えた。まもなく男の人ふたりが担架《たんか》を持ってやってきて、女の人を運んでいった。わたしはいそいであとを追った。エリカも追いかけてきて、わたしの手をにぎった。

犬の赤ちゃんが生まれるところは見たことがあったけれど、今度は人間の赤ちゃんが生まれるところが見られるんだ！　わたしは興奮した。

担架《たんか》の上で、女の人は陣痛《じんつう》がさらにはげしくなった。男の人たちは足を速め、医務室のベッドに女の人をおろすと、医者を呼びに走っていった。

わたしはベッドのすぐそばに立ち、女の人から目を離《はな》さなかった。

とつぜん、赤ちゃんの頭が出てくるのが見えた。

「手をかして……おねがい……」

女の人がうめいた。わたしは小さな頭をつかみ、そうっとひいた。女の人はイディッシュ語でお祈《いの》りのような言葉を唱えた。同時に、赤ちゃんの体全体がするりと外に出た。女の人は深いため息をついて、赤ちゃんを自分の胸の上に寝《ね》かせて、腕《うで》でやさしくつつんだ。足音が近づいてきたので、わたしとエリカはいそいで柱のかげにかくれた。余計な手出しをするなと、しかられると思ったのだ。

お医者さんと看護婦さんが、赤ちゃんと母親にかけよった。お医者さんは看護婦さんに、ふたりを病院に運ぶように指示した。そしてふりかえって、わたしたちがいるのに気がついた。

「こんなところで何をしている?」

わたしはお医者さんに、赤ちゃんが生まれるのに手をかしたことを言おうとした。ところが、口をついて出たのは、まったくちがうことだった。

「人生で見たなかで、いちばんきれいなものだったよ……」

お医者さんはからかうように、にやにやわらった。

「人生? ずいぶんませたことを言うね。子どものくせに、そんなにいろいろ見てきたのかい?」

その言葉に、わたしは深く傷ついた。どうしてそんな言い方をするの? わたし、何にも悪いことをしていないのに。

「ませているとしたら、みんなあなたみたいな大人のせいよ！」

わたしは怒《おこ》り、大きな声を出した。するとお医者さんは顔を近づけ、おどすように言った。

「おい、軍人を侮辱《ぶじょく》するとどうなるか、知ってるか？　死刑《しけい》になるんだぞ！」

わたしはおびえ、あとずさった。

「わたしを死刑《しけい》にするの……？」

「かもな。明日、審判《しんぱん》にかけてやる。ほら、寝床《ねどこ》にもどれ！」

お医者さんはつめたく言い放った。

ふたたびわらの上に横になったものの、わたしは眠れず、何度も寝返《ねがえ》りをうった。いろんな疑問が頭にうずまき、こわくてたまらなかった。あのお医者さんは本気なの？　本当にわたしを裁判にかけて、死刑《しけい》にすることができるの？

つぎの日、検診《けんしん》のときに、わたしはまたそのお医者さんに会った。お医者さんはテーブルの向こうにすわっていた。その右どなりには男の人が立っている。わたしを見るなり、お医者さんはたずねた。

「ゆうべ、ぼくが言ったことをおぼえてる？」

「はい……」

「きみは自分の言葉を取り消すかい？」

お医者さんの声は、昨日の夜と同じくらい冷たかった。

「どうして取り消すの？　本当のことでしょう？　だってあなたは……」

たちまち涙《なみだ》があふれた。お医者さんは手をあげて、わたしにだまるように合図した。

「じゃあ、死刑《しけい》にするの……？」

わたしは、ふるえながらたずねた。

とたんにお医者さんは吹《ふ》きだした。

「ははは、そんなわけないだろう！　本当に信じたのかい？　ほら、こっちにおかけ。落ちついて。きみがだれか、どこから来たのか、そして何があったのか、ぼくに話してごらん」

わたしはよろよろと、いすにすわった。あまりに気が動転して、話すことができなかった。お医者さんは身をかがめ、床《ゆか》にあったわたしのかばんを手に取った。そして中身をたしかめてから、数冊のノートを取り出した。自分の気もちや感情、あったことを書きとめた日記帳だ。

「そこにみんな書いてあります。ここ何年かに、あったこと全部」

わたしが言うと、お医者さんは、いちばん上のノートをパラパラとめくった。

「これ、ぼくにくれるかい？」

わたしはとびあがった。

「いやです！　そのノートはわたしのです。読んでもいいけれど、ぜったいに返してください」

お医者さんはノートをあずかり、つぎの日に返すと約束した。それから棚《たな》から板チョコを出し、頭をなでながら、わたしにくれた。

つぎの日、お医者さんはわたしを呼びだした。

「もうこのノートは必要ないよ。過去はわすれるんだ。これまでとはまったくちがう、新しい人生がはじまるんだから。わかるかい？」

わたしはお医者さんの顔と日記帳を、何度も見くらべた。急に全身からがっくりと力がぬけた。わたしはだまって立ち上がり、かばんを持って、部屋を出た。でも心のなかで、

「どうしてこんなことをするの、大切な日記帳を知らない人のところに置き去りにしていいの？」という声が鳴りひびいていた。

過去をわすれるってどういうこと？　お医者さんは何が言いたいのか、わたしにはよくわからなかった。自分がこれまで生きてきたすべてを、永遠にわすれてしまうなんてことが、本当にできるの？　むしろ、それがバラバラになって消えてしまわないように、しっかりとおぼえておこうとするべきなんじゃないの？

わたしがそのお医者さんに会うことは二度となかった。つぎの日、わたしたちはべつの場所に送られてしまったから。そこで、これから書類を渡《わた》されると説明を受けた。書類に緑の印がある者はスイスに残ることができ、赤い印のある者は残れない。ほかの人たちといっしょに列に並びながら、妹のどちらかが赤い印のある書類をもらったらどうしようと、心配でならなかった。わたしはエリカとジョルジェットに言った。

「いい、どんなことがあっても、わたしたち三人はいっしょだからね」

「心配しなくていいよ。子どもや子どものいる家族は、追い出されたりしないから」

わたしの前にいた男の人が言った。

たしかに、子どもを連れていない大人たちはみんな、ひどく不安そうな表情をしていた。なかには、親のいない子どもに近づいて、家族のふりをしようとする人もいた。

「おねがい、娘《むすめ》のふりをして。わたしの家族だと言ってちょうだいね……」

ひとりの女の人がエリカにささやいた。その人からエリカをひき離《はな》すのは、とてもたいへんだった。

ついにわたしの番が来た。テーブルの向こうにすわるお医者さんが、わたしを見上げた。

「スイスに知り合いはいるかね？」

「はい。これまで三回スイスに来て、クリンガーさんの家に泊《と》まりました」

「よかった。ではそこへ行きなさい」

お医者さんはにっこりして、書類をくれた。でも、わたしはその場に立ったまま、動かなかった。

「わたし、妹がふたりいるんです……」

「わかってるよ。ほら、これが妹たちの書類だ。もう、あちこちさまよい歩かなくていいんだよ」

お医者さんはやさしく言って、ふたり分の書類をこちらにさしだした。

「今日から戦争が終わるまで、スイスがきみたちの国だ。ご両親にまた会えるといいね」

お医者さんの最後のひと言に、わたしは胸をしめつけられた。まるでパパに会える可能性はもうないのだと言われたような気がしたのだ。ママにしても、どうなったのか、まるでわからない。それでも少なくともママとは、いつかかならず再会できると、わたしはかたく信じていた。

15

その後わたしたちは、ジュネーヴからレマン湖のほとり、ローザンヌにある難民収容所に送られ、しばらくの間そこで過ごした。

あるとき、スイス人の将校が収容所を視察にきた。将校は見事な馬に乗っていた。わたしは馬が大好きだったから、近よってながめていると、将校はそれに気づいて、フェンスの向こうで馬を止めた。

「とってもいい馬ですね！　でも競馬の馬になるには、ちょっと体重がありすぎるかな」

わたしが声をかけると、将校はほほえんだ。

「きみは馬にくわしいの？」

「戦争がはじまる前、何度かスイスに来たんです。そのときに、競馬でつかうサラブレッドは、特別に細い脚《あし》をしているんだって教わったの」

将校は馬の首をなでながらたずねた。

「ここの居心地《いごこち》はどうだね？」

「フランスにくらべたら、天国です！」

「それはよかった。明日、チョコレートを持ってきてあげよう」

将校は満足そうに言うと、馬のわき腹を軽く蹴《け》って、ギャロップで遠ざかっていった。

ひとりの兵士がこちらに近づいてきた。

「お嬢《じょう》ちゃん。今、話したのがだれか、知ってるかい？」

わたしが「将校さんでしょ」と肩《かた》をすくめると、兵士はわらいだした。

「あれはギザン将軍だよ」


つぎの日、将校は約束どおり、チョコレートを持ってきた。

「あなたはギザンさんっていうんですか？」

わたしが話しかけると、将校は「そうだよ」と答え、それ以上何も言わなかった。わたしはチョコをもらって、お礼を言い、ギャロップで走り去る将校を、手をふって見送った。

数日後、この将校がスイス軍の最高司令官だと教わったとき、わたしは耳を疑った。あんなに感じがよくて気さくな人が、軍隊を率いているなんて！

それからまもなくして、わたしとエリカとジョルジェットは、戦争の前にそれぞれが夏の休暇《きゅうか》を過ごした家に送られた。三人ともべつの家族のところへ行ったのだった。

クリンガー夫妻は、チューリヒ駅でわたしを待っていてくれた。汽車が駅に入ったとき、ホームに立っているふたりに、わたしはすぐ気がついた。汽車をおり、ふたりのほうに歩いていくと、クリンガーさんはこらえきれず涙《なみだ》をこぼし、クリンガー夫人は「ああ、ファニーがもどってきてくれた。わたしたちのかわいいファニー……」と、何度もくりかえした。チューリヒにむかう旅の間、わたしはずっと、クリンガー夫妻に会ったら、すぐさま腕《うで》にとびこんで、キスしようと思っていた。

でも実際ふたりを前にすると、キスはおろか、口をきくことさえできなかった。夫妻はひどく心配して、わたしにあれこれたずねてきた。わたしは声にならない声でつぶやいた。

「わたし、ものすごくうれしいの。ふたりのところに来られて、本当に幸せ……。やっと悪夢が終わると思うと、言葉が見つからないの。なんて言っていいか、わからないの。

だって……」

クリンガーさんはたまらず、ぼろぼろ泣きだした。クリンガー夫人はわたしの手を強くにぎりしめた。わたしたちはトラムに乗って、クリンガー夫妻の家に帰った。感激のあまり、家に入るとき、足がもつれた。

来るたびに使っていた部屋の入り口に、わたしは立ちつくした。ピアノは前と同じ場所にあった。ベッドには、クリンガー夫人が刺繍《ししゅう》したクッションがのっている。全部前と同じ。ああ、なつかしい。なんてすばらしいんだろう。なんてほっとするんだろう。

わたしは人生の暗い一ページがめくられるのを、はっきりと感じた。そして強く思った。日記帳はお医者さんのところに置いてきてしまったけれど、何があっても過去に背をむけたりしない。あったことを、ひとつもわすれない。ぜったいに。

エピローグ

強制収容所

戦争の終わりごろ、強制収容所で生き残った人々が、スイスにやってきた。クリンガー家の近くに、わたしも何度も行ったことのある、大きなサーカス会場があり、そこが赤十字の難民収容所として使われることになった。避難民《ひなんみん》のなかに知り合いが見つかるかもしれないからと、クリンガーさんはわたしを連れていった。

サーカス会場には、胸の引《ひ》き裂《さ》かれるような光景があった。骨と皮ばかりにやせこけた、がいこつのような人たちが、ほんの数日前にわたしたちがアクロバットやピエロを見た階段席にすわっていた。みんな、まだ太い縦縞《たてじま》の囚人服《しゅうじんふく》のままで、服はどれもぶかぶかだった。真っ暗な穴のようにうつろな目は、あまりに恐《おそ》ろしく、わたしは一瞬《いっしゅん》、パパやママがこのなかにいないことをねがってしまったほどだった。

でも、ふたりが本当にそこにいないことがわかると、わたしはひどく動揺《どうよう》した。まだだめと決まったわけじゃない。赤十字はこれからも生きのびた人をさがしてくれるからと、クリンガー夫妻はいっしょうけんめいなぐさめてくれた。

それからしばらくして、わたしはパパとママが「行方《ゆくえ》不明」と書かれた手紙を受けとった。ふたりがどうなったかを知ることができたのは、一九四六年にフランスにもどってからだった。

パパは逮捕《たいほ》されたあと、ル・ヴェルネにある政治犯用の収容所に入れられ、つぎにドランシー収容所に移された。一九四三年には、ポーランドのルブリン強制収容所に送られ、その後行方《ゆくえ》不明になった。のちに、パパとサリーおじさんは、ルブリン強制収容所で銃殺《じゅうさつ》されたことがわかった。

ママは一九四四年、シャンベリーでゲシュタポに逮捕《たいほ》された。ママは、ずっとこっそりお手伝いさんの仕事をつづけていて、わたしたちを追ってスイスに来られるだけのお金をためていた。偽《にせ》の身分証明書のおかげで、フランス人として通すことができていたのに、あるときフランスの民兵が疑いを持ち、ママにフランス語を話させた。強いドイツ語なまりによってユダヤ人であることがばれ、その場でつかまってしまった。そしてアウシュビッツ強制収容所に送られ、ガス室で殺された。

サリーおじさんはタンスでつかまり、ドランシー収容所に送られ、パパと会った。そのあとでルブリン強制収容所に移された。そこから送ってきたのが、ふたりの最後の手紙になった。

サロン夫人(本名ニコル・ヴェイユ)の活動は、ドイツ軍にかぎつけられてしまった。わたしたちがスイスに渡《わた》ったすぐあと、夫人は逮捕《たいほ》され、強制収容所で命を落とした。

フランスへの帰国

戦争が終わり、一九四五年から一九四六年にかけて、スイス政府はすべての避難民《ひなんみん》に帰国命令を出した。わたしの帰国日は、一九四六年五月十日と決められた。でも、わたしは帰りたくなかったし、クリンガー夫妻も帰したくなかった。自分の未来はフランスではなく、スイスにあると感じていたし、一九四六年一月には、チューリヒの美術学校に入学も果たしていた。美術学校の校長からの特別許可さえあれば、スイスに残ることができたのに、校長はその許可を出そうとはしなかった……。

こうしてわたしは、ふたりの妹といっしょにフランスにもどった。そしてル・ピュイ＝アン＝ヴレにある、ローズおばさんと二番目の夫、クルトおじさんの家に身をよせた。ル・ピュイ＝アン＝ヴレに着いてすぐ、わたしは役場に帰化申請《きかしんせい》をしに行った。書記官は「フランスの文化を身につけているかどうか」を調べるために、テストを受けなくてはならないと言った。それは問題なかったのだが、国に三万六千フランも払《はら》わなくてはならないことは大問題だった。

役場を出ると、ひとりの若者がわたしの顔をしげしげと見て、近づいてきた。

「ぼくのこと、おぼえてない？」

わたしがだまっていると、若者はつづけた。

「ムジェーヴのレジスタンスのジャンだよ。わすれちゃった？」

「ぜんぜんわからなかった！　ひげがないんだもの」

感激して声を上げると、ジャンは楽しそうにわらった。

「ところで、役所に何しに来たんだい？」

「帰化申請《きかしんせい》に来たんだけど、テストを受けたり、たくさんお金を払《はら》ったりしなくちゃならないの……」

「ついておいで。なんとかしてあげよう」

ジャンは書記官のところへ行き、わたしたちがどうやって知り合ったかを説明した。

「彼女《かのじょ》のおかげで、レジスタンス百五十人の命が救われたんです。にもかかわらず、テストを受けたり、お金を払《はら》ったりしなくてはならないんですか？」

少ししてから、わたしは知事に呼びだされた。そしてローズおばさん、書記官、ジャンの前で、正式にフランス帰化証明書を受けとった。それは戦時功労者へ特別にあたえられたものだった。

ローズおばさんの家で

わたしたち三姉妹《さんしまい》は、ローズおばさんとクルトおじさんの家で、思春期の一時期を過ごした。おばさん夫婦《ふうふ》はわたしたちに、住む場所と家庭をあたえ、仕事を教えてくれた。わたしたちは全員で、戦争で受けた深い心の傷をなんとか乗りこえようとがんばり、小さな商売もはじめた。エリカもジョルジェットもわたしも、いっしょうけんめい働いた。そのあとで、わたしたち姉妹はひとりずつ、イスラエルに移住した。

ローズおばさんとクルトおじさんが年を取って、身のまわりの世話ができなくなると、わたしと夫は、イスラエルに呼びよせ、めんどうを見た。ふたりに子どもはいなかったけれど、代わりに、わたしたち夫婦《ふうふ》の子どもが、亡《な》くなるまでふたりによりそった。

すばらしい人々

ショーモン城の子どもの家で監督官《かんとくかん》をしていたエテルから、わたしは大きな影響《えいきょう》を受けた。美術や文学の喜びを教えてくれたのは、エテルだった。エテルは戦後ずいぶんたってから、老衰《ろうすい》のため、パリで亡《な》くなった。エテルが、わたしの夫や子どもたちに会えたことは、わたしにとってかけがえのないことだった。彼女《かのじょ》はわたしたち家族を訪ねて、イスラエルにも来てくれた。

クリンガー夫妻も、夫や子どもたちに会ってくれた。わたしたち家族は、夫妻のボームの山小屋に何度も遊びに行った。子どものいなかったクリンガー夫妻は、スイスに逃《に》げてきたわたしを温かくむかえ、実の娘《むすめ》のように大事にしてくれた。ふたりはわたしを正式に養女にすることを望み、わたしも「パパ」「ママ」と呼んでいた。ふたりから学んだ寛大《かんだい》さを、わたしは生涯《しょうがい》わすれることはないだろう。クリンガー夫妻は、病気と老衰《ろうすい》で亡《な》くなった。

ショーモン城は火事で焼けてしまった。子どもの家にかくまわれていた、かつての子どもたちが、その跡地《あとち》を訪ねるたび、マンサ村の村人たちは大歓迎《だいかんげい》してくれた。村人たちは当時のことを、今も情熱をもって話す。かくまわれる側のわたしたちと同じくらい、かくまう側の彼《かれ》らの心にも、それは深く刻まれているのだ。村人たちはユダヤ人の子ども七十人と大人七十人の命を救い、そのことをとても幸せに、誇《ほこ》らしく思っている。

わたしたちがショーモン城からマンサ村の学校へ通っていたとき、村には何十人ものユダヤ人がかくまわれていた。わたしたちは当時、それをまったく知らなかったし、かくまわれていたユダヤ人たちも、おそらくわたしたちの存在を知らなかっただろう。マンサ村に逃《に》げたユダヤ人のうち、二名は不幸にして命を落としてしまったけれど、それ以外は全員生きのびることができた。

一九九五年、マンサ村で、村長リマレクス氏が記念式典を開き、ショーモン城に身をよせていた子どもたちに敬意を表して、ユダヤ人排斥《はいせき》に反対する石碑《せきひ》をたてた。フランス政府の代表と生きのびたユダヤ人たちも、この感動的な式典に出席した。

戦後、村人のひとり、ロラン夫人が、ショーモン城にいた子どもたちについて、その後どうなったかもふくめて、くわしく調べた。ロラン夫人が集めたメモや写真は、ドイツ軍占領《せんりょう》当時の様子を伝える、貴重な資料となった。

またロラン夫人の資料のおかげで、現在は世界各地にちらばっている、子どもの家の住人たちが、奇跡《きせき》的に再会を果たすことができた。

わたしはマンサ村の人々が〈正義の人〉*の称号《しょうごう》を受けられるように、何度も働きかけたけれど、だめだった。「もっと自分の命を危険にさらした人々」でなければ、称号にはふさわしくないという理由で……。

＊〈正義の人〉とは、第二次世界大戦時、何の見返りも求めず、命がけで、ユダヤ人を助けた、非ユダヤ系の人々にあたえられる、フランスの称号《しょうごう》。それを得るには、証拠《しょうこ》になる書類か、命を助けられた人からの証言がなくてはならない。

三姉妹《さんしまい》

下の妹ジョルジェットは、イスラエルのエルサレムで、夫と娘《むすめ》といっしょに暮らしている。ホロコースト生存者の会のメンバーとして、熱心に活動し、このおぞましいできごとがわすれられることのないように、そして二度と起こることがないように、自分の体験を語ったり、大虐殺《だいぎゃくさつ》についての記事を書いたりしている。また、『ママにさようならと言ってない』という詩集を出版。多くのイスラエル人に読まれている。

上の妹エリカは、イスラエルのホロンに住んでいる。四人の子どもと六人の孫がいる。絵が好きでよく描《か》いていたが、現在はホロコースト生存者の会のメンバーとして、大虐殺《だいぎゃくさつ》の生存者がトラウマを乗りこえる手助けをしている。生存者たちのつらい証言を集めて記録しながら、しばしば学校で、子どものころの戦争体験を語っている。

そしてわたし、ファニーは、夫とホロンに住んでいる。ふたりの子どもと六人の孫がいる。この本が一九八六年にイスラエルで出版されたとき、わたしは何度もカメラの前で体験を語るよう、たのまれた。その映像は、アメリカやフランスの学校で教育のために使われた。

イスラエルのラジオからもインタビューを受け、世界各地から学生たちが、フランスに身をかくしていたユダヤ人の子どもについて、スイスへの逃亡《とうぼう》について、戦時中のスイス政府の対応についてなどの論文を書くために、わたしを訪ねてきた。イスラエルの学校で、ホロコーストについての講演も行った。

わたしは画家になり、イスラエル内外で展覧会を開いた。一九八八年に、「わたしの戦争」をテーマにした、二十七枚の水彩画《すいさいが》のシリーズをつくった。絵はどれも同じサイズで、それぞれに短い文章をつけた。子どもだったわたしの目を通して見た戦争を描《えが》いたこの作品は反響《はんきょう》を呼び、アシュドッド美術館に四年間かざられ、エルサレムのホロコースト記念館にも複製が展示された。

二〇〇三年、七十二歳《さい》のときに、夫、娘《むすめ》、孫とともに、生まれてからスイスに渡《わた》るまでの間に点々とした場所を、ひとつひとつ訪ねてまわった。わたしはこのときにはじめて、ナチスへの真の勝利を祝うことができたのだ。

まずは生まれ故郷、ドイツのバーデン＝バーデン市を訪ねた。目抜《めぬ》き通《どお》りにある、わたしの生まれたアパートは、今は近代的な銀行になっていた。バーデン＝バーデン市役所は、わたしのためにセレモニーを開いた。そこでホロコーストについて描《えが》いたわたしの水彩画《すいさいが》が展示され、市長がすばらしいスピーチをしてくれた。そのあとで、わたしは中学校の生徒を前に戦争体験を語った。

それからフランスへ行き、逃亡《とうぼう》時代にいた場所をすべて訪ねた。ムジェーヴのパン屋やフランスとスイスの国境へも行った。草原も小川も、鉄条網《てつじょうもう》にむかって走った、まさにその場所も、全部おぼえていた。緩衝《かんしょう》地帯をかけぬけたあの日から、ちょうど六十年とひと月がたっていた。

そしてスイスでは、ジョルジェットとエリカを家においてくれたローゼンフェルト家とメルス家の子どもたちが、温かく歓迎《かんげい》してくれた。残念ながら、クリンガー夫妻の親戚《しんせき》に会うことはかなわず、チューリヒにも、ボームの山小屋にも行くことはできなかった。

二〇〇五年　ホロンにて

訳者あとがき

この本を訳している間、わたしは町でファニーくらいの年の子を見ると、目で追わずにはいられませんでした。そして、その子たちが楽しそうにしていればいるほど、ファニーたちに重ねて考えてしまいました。ああ、こんな子が、家族と身を引《ひ》き裂《さ》かれるような別れをしなければならなかったんだ。とつぜん親を連れさられ、それきり会うことがなかったんだ。恐怖《きょうふ》にさらされ、逃《に》げつづけなくてはならなかったんだ。そう思うと、たまらない気もちになりました。

まだ幼いファニーが、自分の感情、さみしさ、不安を押《お》し殺《ころ》し、仲間を救うために奔走《ほんそう》する姿には、胸がしめつけられます。でも自分のためだけでないからこそ、彼女《かのじょ》はがんばれたのかもしれません。だからひとりではできなかったこともやってのけ、その結果、生き残れたのでしょう。ファニーと仲間たちは、どんな状況《じょうきょう》でも、だれひとり見捨てませんでした。

ファニーはだれからも頼《たよ》られてしまう、特別な才能を持った女の子です。でも特別な才能があったから生き残れたわけではありません。ほんの小さな運ひとつ、タイミングひとつで、生死が分かれてしまう。たったひとつの、そして一瞬《いっしゅん》の決断をまちがえたら、命を落としてしまう。右の道を左に行っただけで、死んでしまったかもしれない。なんという不条理。そしてファニーは幸いにして生き残りましたが、彼女の後ろには、命を落とした子どもがどれほどいたことか。

加えて、ファニーたちには、いつも大事なところで助けてくれる人たちがいました。時には命がけで、見ず知らずの子どもたちに手をさしのべる人々の姿は、人間の善良さ、純《じゅん》粋《すい》さを感じさせ、絶望的な状況《じょうきょう》のなかでも、わたしたちに希望をあたえてくれます。

ここで少し、この本の歴史的背景を述べておきます。一九三三年、ファニーたち家族がフランスに移った年、ドイツではヒトラーが首相《しゅしょう》の座につき、ナチスによる一党独裁をはじめました。当時ドイツは、第一次世界大戦の敗北による賠償金《ばいしょうきん》の支払《しはら》いに世界恐慌《きょうこう》が重なり、深刻な経済不況《ふきょう》におちいっていました。ヒトラーは、人種には優劣《ゆうれつ》があり、優秀《ゆうしゅう》なのは、金髪《きんぱつ》で青い目をしたアーリア系で、ユダヤ人は劣《おと》った人種だと主張。ドイツに今ある不幸は、すべて劣った人種であるユダヤ人のせいだと言ったのです。国民の不満の矛先《ほこさき》を、わかりやすい仮想の敵に向けさせるためでした。古代ローマの時代に滅《ほろ》ぼされて以来、国を持たないユダヤ人は、各地で独自のユダヤ人社会をつくってきました。そして、ユダヤ教という自分たちだけの宗教を持ち、古来の服装や教育を守り、コミュニティを作ってかたまって暮らしてきたこと、また経済的に恵《めぐ》まれた人が比較的《ひかくてき》多いことなどを理由に、古くからしばしば差別や迫害《はくがい》の対象となってきました。だから仮想の敵とするにはうってつけだったのです。ヒトラーの理論は、人種差別もはなはだしい、めちゃくちゃなものですが、ユダヤ人に対する、とんでもない数と内容の禁止令がつぎつぎと出されていくなかで、差別はどんどんあたりまえになっていきました。ナチスが劣っていると決めつけた人たちのなかには、ロマ、障害者、遺伝病や精神病患者《かんじゃ》、同性愛者も含《ふく》まれました。

「劣《おと》った人種」と言っても、そもそもユダヤ人は、正確には人種ではありません。ユダヤ教の信者、もしくはユダヤ人を親に持つ人たちのことです。ですからユダヤ人のなかには、ヒトラーの言うアーリア系と同じ、金髪《きんぱつ》で青い目の人たちもいます。ファニーや仲間たちが、外見上フランス人と区別がつかないのも、ファニーのママやローズおばさんが、偽《にせ》の身分証明書さえあれば、フランス人として通用したのも、そのためです。外見からはまったくわからないのに、ユダヤ人だとわかったとたん迫害《はくがい》する。なんとおろかなことでしょう。

ヒトラーはさらに独裁を強め、一九三八年には国防軍を支配下に入れます。一九三九年にはドイツ軍がポーランドに侵攻《しんこう》し、第二次世界大戦が勃発《ぼっぱつ》。ファニーのパパが逮捕《たいほ》されたのは、この直前です。翌年には、ドイツによるフランス占領《せんりょう》が始まり、一九四二年にはフランス全土を手中におさめます。「自由の国」として知られていたフランスを目指して、当時、ヨーロッパ各地から多数のユダヤ人が逃《のが》れてきていましたが、新たにできた親独派のヴィシー政権は彼《かれ》らを迫害《はくがい》します。ナチスはユダヤ人を絶滅《ぜつめつ》させるため、ヨーロッパのあちこちに多数の強制収容所(そのうち絶滅収容所は六つ)をつくり、きわめて組織的に秩《ちつ》序《じょ》だって――つまり殺人工場のように、ユダヤ人を殺害していきます。ユダヤ人を乗せた輸送車両が強制収容所に着くと、病人、老人、弱った女性、子どもはそのままガス室へ送られ、窒息《ちっそく》死《し》させられました。残りの人々は過酷《かこく》な条件で働かされ、疲労《ひろう》や栄養失調でばたばたと死んでいきました。こうしてファニーのママを含《ふく》む、膨大《ぼうだい》な数のユダヤ人が命を失ったのでした。その数は、少なく見積もっても六百万人以上と言われています。

戦争においてもっとも苦しむのは、戦争を起こした「国」ではなく、いつもいちばん弱い人たち――とくに子どもです。それは戦争に勝っても負けても変わりません。ファニーはどんな状況《じょうきょう》でもかならず逃《に》げ道《みち》を探し、ぜったいにあきらめませんでした。勇気の塊《かたまり》のように、先へ先へと進みます。子どもはまだ力もなく、受け身でしかいられない分、どんな状況でも未来に希望を持ちつづけ、へこたれない強さを秘めているのかもしれません。

二〇一六年、この本をもとに、フランス・ベルギー合作の映画がつくられました(邦題《ほうだい》『少女ファニーと運命の旅』。二〇一七年日本公開)。現在イスラエルで暮らすファニーは、インタビューに答え、この物語はメッセージだと言っていました。今も変わらず、世界じゅうに苦しんでいる子どもたちがいる。そして今、あの時代と同じ危険を感じているから、と。

この本を読んだみなさんが、これを外国で起こった、遠い昔の物語とするのではなく、自分に引きよせて、具体的に考えてみてくださったら、こんなにうれしいことはありません。想像力の大きな役割のひとつは、ほかの人の苦しみや喜びを察することです。そうすることで、世の中にあるたくさんの問題に立ち向かい、自分だけでなく周りの人たちも、よりよく生きていけるはず。ファニーや両親、周囲の人々、そして今現在、つらい状況《じょうきょう》にいるすべての人々の苦しみが、単なる苦しみで終わることなく、未来への希望につながるようにするためにも。

二〇一七年初夏

伏見《ふしみ》　操《みさを》

ファニー・ベン＝アミ(Fanny Ben-Ami, 1930-)
ドイツ生まれ．第二次世界大戦後イスラエルに渡り，画家として活躍．国内外で戦争体験を語る活動をしている．6人の孫がいる．

ガリラ・ロンフェデル・アミット
(Galila Ron-Feder-Amit, 1949-)
イスラエルの作家．邦訳作品に『もちろん返事をまってます』(岩崎書店)，『心の国境をこえて』『ベルト』『ぼくによろしく』(さ･え･ら書房)がある．

伏見 操(Misao Fushimi, 1970-)
フランス語，英語の児童書の翻訳家．訳書に『ビュンビュンきしゃをぬく』『トラのじゅうたんになりたかったトラ』『おやすみ おやすみ』『さあ，はこをあけますよ！』(以上，岩波書店)など多数．

ファニー 13歳の指揮官　　ファニー・ベン＝アミ
ガリラ・ロンフェデル・アミット編

2017年8月3日　第1刷発行

訳 者　伏見《ふしみ》 操《みさを》

発行者　岡本 厚

発行所　株式会社 岩波書店
〒101-8002 東京都千代田区一ツ橋 2-5-5
電話案内 03-5210-4000
http://www.iwanami.co.jp/

印刷・三陽社　カバー・半七印刷　製本・松岳社

ISBN 978-4-00-116010-9　Printed in Japan
NDC 929　174 p.　19 cm

岩波書店の児童書

太陽の草原を駆けぬけて
ウーリー・オルレブ作
母袋夏生訳
四六判二五四頁
本体一七〇〇円

走れ、走って逃げろ
ウーリー・オルレブ作
母袋夏生訳
岩波少年文庫
本体七二〇円

あのころはフリードリヒがいた
ハンス・ペーター・リヒター作
上田真而子訳
岩波少年文庫
本体七〇〇円

父さんの手紙はぜんぶおぼえた
タミ・シェム＝トヴ著
母袋夏生訳
A5判変型二七〇頁
本体二一〇〇円

スターリンの鼻が落っこちた
ユージン・イェルチン作絵
若林千鶴訳
A5判変型一六〇頁
本体一五〇〇円